회사원
마스터
Businessman
Master

회사원 마스터 7

에바트리체 장편 소설

초판 1쇄 찍은 날 § 2015년 8월 31일
초판 1쇄 펴낸 날 § 2015년 9월 7일

지은이 § 에바트리체
펴낸이 § 서경석

편집책임 § 이창진

펴낸곳 § 도서출판 청어람
등록번호 § 제387-1999-000006호
등록일자 § 1999. 5. 31
어람번호 § 제1-2216호

주소 § 경기도 부천시 원미구 부일로 483번길 40 서경B/D 3F (우) 420-822
전화 § 032-656-4452 팩스 § 032-656-4453
http://www.chungeoram.com
E-mail § chungeorambook@daum.net

ISBN 979-11-04-90390-8 04810
ISBN 979-11-04-90281-9 (세트)

FUSION FANTASTIC STORY

에바트리체 장편 소설

회사원 마스터

Businessman Master

7

도서출판
청어람

목 차

제1장

정의구현

"……."

슬쩍 옆자리에 양손을 속박당한 채 묶여 있는 민철을 바라보기 시작하는 남성진.

그러나 민철은 그저 옅은 미소를 지은 채 성진에게 이렇게 말할 뿐이었다.

"괜찮습니까, 성진 씨?"

"저야 괜찮습니다만. 그나저나 상황이 난감하게 되었군요."

"그러게 말입니다, 하하."

이 상황에서 웃음이 나오는 게 성진으로선 정말 신기할 따름이다.

현재 이들은 어느 폐공장 안에 감금되어 있는 중이다.

그것도 당사자들의 의지대로가 아닌 타인의 공갈과 협박에 의해서.

"만약 거기서 길길이 날뛰었다면 적어도 한두 대 정도는 맞았을 수도 있겠군요. 큰일 날 뻔했습니다."

민철의 말 때문일까.

성진이 살짝 미간을 찡그리며 말한다.

"설마 맞기 싫다는 이유로 얌전히 저 녀석들에게 붙잡힌 것입니까?"

"누구든지 주먹질에 맞는 건 싫어하지 않습니까?"

"……."

어이가 없는 모양인지 할 말을 잃는 남성진이었다.

그러나 민철은 농담이라는 식으로 다시 말을 바꾸기 시작한다.

"그것도 그것 나름이지만, 어차피 저희가 저들에게 반항해 봤자 할 수 있는 건 아무것도 없지 않겠습니까."

"제가 이렇게 보여도 무기력하게 폭력에 굴할 만큼 약한 사람은 아닙니다. 적어도 한두 놈은 쓰러뜨리고, 추격까지 뿌리칠 수 있……."

"하하하, 물론 저도 잘 알죠. 듣자하니 성진 씨 태권도 유단자라 알고 있습니다만."

"…맞긴 합니다만, 어차피 제가 싸우려 했다 하더라도 민철 씨라면 저항하고자 하는 제 행동을 말렸겠죠. '얌전히 붙잡혀라' 라고 그 전에 저한테 말했으니까요."

류선국 팀장을 몰래 지켜보던 감시의 눈길.

그리고 조직폭력배들.

누가 봐도 강오선과 연관되어 있는 세력임을 알 수 있을 법한 조직원들이었다.

거기서 민철이 성진에게 지시한 것은 바로 이러했다.

아무런 저항도 하지 말고 무기력하게 잡혀라.

그 결과가 지금으로 이어지게 된 셈이다.

남자들이 민철과 성진을 둘러싸고 동행을 요구했을 때, 이미 조직폭력배들은 두 사람이 최소한 발버둥 정도는 칠 거라고 예상은 하고 접근했다.

누군들 살고 싶지 않은 사람이 어디 있겠는가.

얌전히 이들을 따라가면 분명 무슨 해코지를 당할 게 틀림이 없는데, 설마 거기서 '동행하지요' 라고 순순히 말하며 따라올 거라곤 정작 조직원들도 예상하지 못했다.

어찌 되었든 일단 성진의 입장에서 민철의 계획을 따르고자 마음을 먹었기 때문에 이렇게 저항 없이 폐공장으로 끌려와 손발이 묶인 채 시간만 축내게 되는 신세로 전락하게 되었다.

그리고 이들이 끌려올 때 저들이 했던 말도 딱히 큰 위해를 가하기보다는 이번 사건이 끝날 때까지만 감금시키겠다는 뉘앙스로 말을 했기에 큰 불안함은 없었다.

만약 정말로 위해를 가하려 했다면 이렇게 시간을 끌 필요는 없었을 것이다.

그저 이들을 인질로 잡아둔 건 일종의 '경고' 이다.

"4곳의 연구 업체와 접촉하며 연구 결과를 닦달하던 직원이 갑자기 말도 없이 실종되었다… 라는 소문이 대책위원회에게 들어간다면, 직원들의 입장에선 가장 먼저 '두렵다' 라는 감정이 들겠지요. 그게 심리적으로 그 사람들에게 압박을 심어줄 겁니다. 회사를 위해 충성하는 사람들은 많지만, 그 충성도의 수치는 결코 높은 게 아니니까요. 낯선 조직에 끌려가서 죽을지도 모르는 상황이 조성된다면, 아마 청진그룹 대책위원회 직원들도 열과 성을 다해 충성심을 보이진 않을 겁니다. 어디까지나 적당히, 적당히 일하겠죠. 돈을 많이 주는 것도 아니고, 명예와 권력을 주는 것도 아닙니다. 고작해야 월급쟁이 신세인데 누가 청진그룹에 목숨을 바치면서까지 충성을 다하려 할까요."

"결국 연구 결과는 강오선 측에서 의도한 그대로 일주일 뒤에나 받아볼 수 있겠군요."

"심지어 그 이상으로 늦어질 수도 있을 겁니다. 사원들이 공포심에 휩싸여 적극적으로 연구 업체들을 닦달하지 않는다면, 충분히 더 늦출 수 있는 여력도 될 테니까요."

"그렇게 된다면 여러모로 저희가 붙잡힌 게 안 좋은 거 아닙니까? 차라리 몰래 빠져나가서 강오선이 보낸 조직폭력배에 의해 감금당했다고 주장해 버리면 되지 않습니까?"

"하지만 물증이 없습니다. 말로는 주장할 수 있지만 감금당했다는 것을 어떻게 증명합니까?"

"……."

조직폭력배들도 바보는 아니다.

분명 이들을 납치할 때 주변에 있을지 모르는 CCTV는 충분히 해결을 보고 민철과 성진, 두 사람을 납치할 장소를 결정했을 것이다.

행여나 목격자가 있다 하더라도 그 사람이 과연 적극적으로 두 남자의 의견에 동의해 줄까?

천만에.

오히려 조직폭력배와 연관되고 싶지 않다는 생각하에 모른 척하고 조용하게 있을 가능성이 크다.

돈과 권력보다도 무서운 것이 바로 폭력이기 때문이다.

"폭력이라는 원초적인 공포 앞에선 돈도, 권력도 중요치 않죠."

"…그렇군요."

성진도 그에 대해서는 공감할 수밖에 없었다.

생각해 보라.

바로 앞에서 죽을지도 모르는 위협이 도사리고 있는데 돈이니 권력이니 그런 게 무슨 소용이 있을까?

"뭐, 어찌 되었든 저희는 그저 여기에 가만히 앉아 있으면 됩니다. 나머지는 시간이 알아서 해결해 줄 테니까요."

"경찰에 신고라도 했습니까?"

"아니요. 스마트폰이든 뭐든 통신기구가 될 만한 것들은 다 빼앗기지 않았습니까? 외부와 연락할 수단은 일절 없지요."

"그전에 연락은……."

"물론 안 했습니다."

"희망이 없군요."

그런데 도대체 어떤 식으로 시간이 해결해 줄 거란 말인가.

남성진의 입장에선 답답할 수밖에 없지만, 전부 말해주지 않는 민철이 한편으로는 이해가 되기도 한다.

전술을 성공시키려면 때에 따라 아군도 속일 필요가 있다.

아마도 그런 부류가 아닐까.

그렇다 하더라도…….

답답한 건 마찬가지였다.

"하다못해 언제까지 이러고 있어야 하는지 좀 알려주시면 좋겠군요. 하루, 아니면 이틀? 삼 일 정도입니까?"

"그렇게까지 오래 안 걸립니다. 지금이… 몇 시죠?"

"시계까지 빼앗겨서 정확한 시간은 모르지만… 아마 지금쯤이면 5시 정도 되었을 겁니다."

"아, 그럼 얼마 안 걸리겠군요."

"네……?"

민철의 말이 끝남과 동시에.

콰과과과광!!!

어마어마한 폭발음이 폐공장 맞은편에서 들려오기 시작한다!

그 소리를 듣자마자 민철의 입가에 미소가 어린다.

"지금 시각이 정확하게 5시인 모양인가 봅니다."

"그걸 어떻게……."

"별거 아닙니다."

민철의 눈빛에는 기대감마저 새겨지는 듯한 감정이 담겨져 나온다.

"저기 바깥에서 소동을 일으키기 시작한 친구가 시간 약속 하나만큼은 칼이거든요."

정확하게 5시가 되자마자 도안은 민철이 지니고 있는 고유의 마나 파동을 추적하기 시작한다.

먼 거리에 있음에도 불구하고 도안 정도의 상위 클래스 마법사라면 금세 민철의 행방을 찾을 수 있었다.

"이쯤인가?"

감을 잡은 도안이 휴게실 주변을 둘러본다.

잠시 배가 아파서 화장실 좀 갔다 오겠다고 말한 뒤 사무실 바깥을 나온 도안.

"후딱 갔다 오는 편이 좋겠지?"

거짓말은 도안과 영 어울리지 않는 행동이다.

그래서 아마 구 부장이라든지 유 실장이 '저 녀석, 배 아파서 화장실 가는 거 아니구만' 이라는 눈치를 금방 챘지만, 그래도 딱히 지금까지 도안이 보여준 행태에 따르면 나쁜 짓을 할 만한 친구로 보이진 않아 얌전히 속아 넘어가 주는 척을 했다.

물론 도안은 그런 낌새를 전혀 눈치채지 못했지만 말이다.

"흡!"

시동어조차 발동시키지 않고 짧은 기합만으로도 장거리 텔레포트를 시전하는 도안이었다.

민철이 봤다면 역시 9클래스 마스터라고 하면서 혀를 찰법한 그런 모습이지 않을까 싶을 정도였다.

파샤!

순식간에 어느 한 장소에 모습을 드러내는 도안.

그러나 민철의 마나 파동이 느껴지는 곳을 따라 도착한 곳은 도안으로서 상당히 예상외의 장소였다.

"이곳은……?"

주변에 허름한 건물만이 배치되어 있는 으스스한 장소.

넓은 폐공장 중에서도 가운데에 위치한 공터에 모습을 드러낸 도안이 의아한 표정으로 주변을 둘러본다.

불과 몇 미터 안 떨어진 곳에서 민철의 마나 파동이 느껴진다.

"여기가 확실한데……."

왜 민철이 여기에 있는 것일까.

도안이 알고 있기론, 현재 남성진과 함께 연구 업체 이곳저곳을 돌아다니며 다시 그들과 연구 결과 기간에 대해 합의를 본다고 알고 있었다.

그런데 왜 폐공장에?

의구심을 느끼고 있을 무렵, 갑자기 난데없이 2명의 덩치 큰 남자들이 도안을 향해 버럭 소리치는 소리가 들렸다.

"야!! 여기가 어디라고 들어온 거냐?!"

"당장 안 꺼져?"

한눈에 봐도 불량한 기운이 팍팍 느껴지는 그런 부류의 사람들이다.

도안도 나름 많은 인생을 살아온 마법사다.

순간적으로 이 공간에 민철이 위치해 있다는 점, 그리고 조직폭력배로 보이는 남자들이 튀어나왔다는 점을 보자마자 도안의 머릿속에 빠르게 퍼즐이 완성되어 간다.

괜히 9클래스 대마법사를 달성한 게 아니다.

두뇌 회전이 남들에 비해 비정상적으로 빠르기 때문에 거머쥔 타이틀이라 할 수 있다.

그런 그가 이런 상황도 이해하지 못한다면 말이 안 된다.

틀림없다.

저들이 민철을 납치한 것이다!

"민철 씨는… 어디 있습니까."

"뭐? 민철 씨?"

그게 무슨 말이냐는 듯이 되묻는 남자.

그러나 옆에 있던 다른 조직원이 무의식적으로 적대감을 뿜어낸다.

"저 녀석… 방금 우리가 납치한 그 회사원 두 명과 동료인가 본데?"

"그래?"

"그렇다면 말 다 한 거지."

남자 두 명이 가볍게 손을 풀기 시작한다.

딱 봐도 약골처럼 생긴 20대 청년이 도대체 뒷골목을 전전긍긍하며 거친 인생을 살아온 남자들을 어찌 이기겠는가?

"후딱 해치우고 저 녀석도 형님께 데려가자고."

"처리할 건 후딱 처리하는 게 좋겠지."

"마치 스트레스도 쌓였는데 잘되었구만!"

"주먹질 좀 해보자고."

서서히 도안에게 다가가는 두 남자.

그러나.

"그런 식으로 민철 씨를 납치한 거로군……."

도안의 눈에 살기가 어리기 시작한다.

정의감에 불타는 청년이 뿜어내는 순수한 증오.

그 증오는…….

조직원들의 상상 그 이상을 보여주기 시작한다.

"오랜만에… 실력 발휘 좀 해볼까?"

도안의 양손에 푸른 마나의 기운이 모여들기 시작한다.

그리고 그것이.

전쟁의 서막을 알리는 신호탄이 되었다.

*　　　*　　　*

주변에 울려 퍼지기 시작하는 굉음.

그 굉음은 점점 민철과 성진을 향해 다가오고 있었다.

"민철 씨… 위험한 거 아닙니까?"

제아무리 남성진이라 하더라도 바깥 상황이 어떻게 흘러가고 있는지를 전혀 모르니 뭐라 말할 수가 없었다.

하나 여전히 태평스러운 건 민철뿐이었다.

"괜찮습니다. 저희 쪽에는 아무런 피해가 없을 테니까요. 그보다도 그 이후를 생각해야 합니다."

"그 이후라니……."

"제가 아까 성진 씨에게 말했던 거, 기억하십니까? 우리가 이들에게 감금당했다는 사실을 외부에 발설하고 싶어도 못 밝힌다는 거 말입니다."

"증거와 증인이 없기 때문에 힘들다 했죠."

"네, 여기서 저희가 일부러 붙잡힌 이유를 설명해 드리지요."

뚜둑!!

너무나도 손쉽게 밧줄을 끊어버리는 민철.

놀란 눈으로 그를 올려다보는 성진을 향해 민철이 아무것도 아니라는 듯이 말한다.

"이 정도로 저를 속박할 순 없지요."

"진작에 끊을 수 있었으면서 어째서……."

"아까도 말씀드렸지만."

민철이 일부러 붙잡힌 진의를 설명해 주기 시작한다.

"이제부터 우리가 강오선 측에 의해 강압적으로 강금당했다는 증거를 확보하러 갈까 합니다."

*　　　*　　　*

"이 새끼가!!"

들고 있던 각목으로 있는 힘껏 도안을 내려치려는 조직원.

그러나 도안은 가볍게 조직원의 공격을 회피하며 동시에 오른손에 맺힌 마나의 기운을 곧장 바람의 힘으로 바꿔 버린다.

"윈드 스톰(Wind strom)!"

후우우우웅!!

매서운 풍력이 남자의 바로 옆구리에 생성되면서 동시에 몸이 5미터 거리 정도까지 붕 날아가며 벽에 처박힌다.

"컥!!"

외마디 신음과 함께 그대로 가벼운 뇌진탕을 일으키며 기절한다.

벌써 비슷한 수법으로 십여 명이 넘게 당했다.

주변에는 아직 이십여 명이 남아 있지만, 도안의 기이한 능력에 당한 동료가 한두 명이 아니다.

게다가 심지어 도안은 십여 명을 상대하면서도 눈 하나 꿈쩍하지 않는다.

지친 기색보다는 도리어 조직원들에게 덤비라는 식으로 도발적인 시선을 던져 준다.

"뜸 들이지 말고 후딱 덤벼라."

도안의 말 한마디에 모든 조직원들이 어깨를 크게 움찔한다.

그 누구도 쉽게 덤빌 생각을 하지 못한다.

그도 그럴 것이, 상대방은 레디너스 대륙에서 가히 최강이라 불리는 9클래스 마스터에 오른 천재 마법사다.

이런 도안을 상대로 고작해야 각목, 나이프나 휘두르고 있으니.

도안의 입장에서는 말 그대로 이들이 오합지졸(烏合之卒)로밖에 보이지 않는다.

물론 도안은 9클래스 마스터이기 때문에 이들을 쉽게 상대할 수 있다.

하지만 지금 이 세계는 마법이 대중화되지 않은 세계다.

바꿔서 말한다면, 다수의 사람이 폭력으로 소수를 어려움 없이 제압할 수 있는 시대라 봐도 무방하다.

도안도 TV를 보면서 조직폭력배라는 집단이 주먹을 통해서 힘없는 약자들을 괴롭혀 온 사례를 많이 접해왔다.

정의감에 불타는 청년, 도안이 이들의 행각을 보고도 쉽게 넘어간다면 말이 안 될 것이다.

게다가 심지어 민철의 반응이 폐공장 안에서 느껴진다.

'분명 이놈들이 민철 씨를 납치했다!'

안 봐도 뻔하다.

그렇다면 도안이 할 수 있는 일이라고는…….

전력을 다해 이 녀석들을 때려눕히고 민철을 구한다!

그 생각만이 도안의 머릿속을 지배하기 시작한다.

"머저리들아! 상대는 고작 한 명이다! 뭘 그리 겁먹는 거냐!!"

보스로 보이는 남자가 조직원들을 다급히 채찍질하지만, 쉽사리 덤빌 기미를 보이지 않는 조직원들이었다.

그 순간.

"네놈이 우두머리군."

"……!!"

순간 놀란 보스가 비명조차 지르지 못한 채 헛숨을 들이삼킨다.

방금 전까지 조직원들에게 둘러싸여 있던 도안의 모습이 순식간에 자신의 앞에 도달한 것이다!

짧은 텔레포트 마법을 이용해 우두머리로 추정되는 남자 앞에 모습을 드러낸 도안이 오른손을 뻗어 남자의 목을 조르기 시작한다.

"케, 케켁……."

"네놈들의 우두머리가 당하는 꼴을 보기 싫다면 무기를 버리고 투항해라. 그렇지 않는다면 이 남자의 생명은 장담할 수 없다."

"혀, 형님!!"

"형님!!"

여기저기서 보스를 찾는 남자들이 안달 난 표정으로 울부짖는다.

하지만 쉽사리 덤빌 수도 없다.

만약 덤볐다간, 뼈도 못 추릴 테니 말이다.

"젠장!!"

욕지거리를 내뱉던 남자 한 명이 품 안에서 무언가를 꺼내 든다.

물론 현실 세계에 익숙해진 도안 역시 아는 물건이기도 했다.

"뒈져라, 쌍놈아!!"

검은 물건을 꺼내들자 주변의 조직원들이 크게 동요하기 시작한다.

사람의 생명을 그저 방아쇠 한 번 당기는 것만으로도 쉽게 앗아 갈 수 있는 위험한 물건.

　바로 '총'이었다.

　타앙!!

　망설임 없이 방아쇠를 당기는 남자.

　매섭게 날아드는 총탄이 바람을 가르며 도안을 향해 날아든다!

　하나, 더더욱 놀라운 일은 그 이후에 벌어지게 되었다.

　"총알이라는 건, 회전력을 이용해서 사람의 신체에 큰 손상을 입히는 거라고 알고 있었는데."

　도안의 왼손 손바닥 앞에 마치 보이지 않는 바람의 장벽으로 가로막힌 듯이 그대로 정지해 버린 총알의 모습이 조직원들에게 선명히 보이기 시작한다.

　"풍압으로 바람의 장벽을 만들어 버리면 아무것도 아니군. 원리만 알면 쉽게 막히는 무기라니… 차라리 초급 마법사가 시전하는 파이어볼이 더 위협적이겠군."

　"헉……!!"

　총알조차 맨손으로 막아버리다니!

　이 무슨 기이한 현상이란 말인가.

　있을 수 없는 일이다.

　평범한 사람이 맨손으로 총알을 막는다는 건 영화에서나

볼 수 있을 법한 특수한 장면 아니겠는가.

그런데 그게 현실로 발생했다.

"그런 위험한 물건은⋯⋯."

도안의 눈짓 한 번에 남자가 들고 있던 총의 온도가 기하급수적으로 상승한다.

"앗, 뜨거!!"

놀라 총을 떨어뜨리는 남자.

그러자 아스팔트 위에 떨어진 총이 갑자기 녹아들어 가는 게 아닌가!

파스스스!

쇳덩이가 매캐한 연기를 토해내며 녹아버리자, 조직원들의 얼굴은 더더욱 사색이 되어간다.

있을 수 없는 일들을 현실에서 계속해서 마주할수록 남자들의 머릿속은 패닉 상태로 향하고 있었다.

그와 동시에 도안이 다시 한 번 짧게 경고한다.

"저렇게 되고 싶지 않다면 항복해라."

"⋯⋯."

이제는 더 이상 저항할 수단이 없다.

이십여 명이 다 되어가는 조직원들은 그저 도안 한 명에게 항복 의사를 표하듯 바닥에 무릎을 꿇기 시작한다.

만족스러운 듯이 조직원들을 바라보던 도안이 이들에게

명령한다.

"민철 씨가 어디 있는지 안내해라."

이것이 바로.

도안이 시간을 할애해 여기까지 찾아온 이유이기도 했다.

*　　*　　*

밧줄로 묶여 있었다는 흔적이 그대로 남은 듯 손목에 새겨진 자국을 바라보던 민철이 가벼이 한숨을 내쉰다.

"요즘은 남자들도 피부 관리를 받는 시대인데, 이런 식으로 남들에게 보이기 안 좋은 자국이 생기게 될 줄은 몰랐군요."

"…어차피 시간이 지나면 없어지는 거 아닙니까."

"하하, 그렇긴 하죠."

도대체 두꺼운 밧줄을 어떻게 순수하게 완력으로 끊어낼 수 있을까.

민철 덕분에 자유의 몸이 된 남성진이었지만, 머릿속으로는 도저히 민철이 보여준 기이한 현상을 이해할 수가 없었다.

칼을 통해 끊은 것도 아니다.

그저 순수한 완력으로 두꺼운 밧줄을 끊어버렸다.

'힘이 장사라도 이런 건 못 할 터인데.'

그래도 결과적으로 말하자면 민철 덕분에 속박에서 벗어날 수 있게 되었다.

하지만.

"바깥으로 나가봤자 폭력배 녀석들이 쫙 깔려 있을 겁니다. 우선 들키지 않게 다른 출구를 찾아야……."

"그건 괜찮을 겁니다. 정문으로 나가도 상관없으니 저만 따라오세요."

"네?!"

냉정하게 상황을 분석하며 빠져나갈 궁리를 하고 있던 성진이었지만, 도리어 민철은 정문으로 당당하게 발걸음을 옮기기 시작한다.

"민철 씨, 정신 나갔습니까? 이대로 나가면 모처럼의 탈출 기회가……."

"괜찮을 겁니다. 그리고 저희의 목적은 여기서 강오선이 조직폭력배를 고용해 우리들을 감금시켰다는 사실을 증명시켜 줄 증거를 확보하는 거니까요."

거대한 철문과 마주하게 된 민철이 살짝 마나를 끌어 올린다.

이윽고 민철이 천천히 힘을 주기 시작하자 무거운 철문이 서서히 외부 공기와 소통하려고 하듯 육중한 쇳덩어리를 개방시킨다.

새어 들어오는 밝은 빛.

이제는 서서히 노을이 지기 시작하는 시간대가 다 되어가는 듯이 햇살의 색은 붉은색에 가까웠다.

민철과 성진이 바깥으로 모습을 드러내자, 때마침 안으로 들어가려고 한 모양이었는지 한 남자가 반가운 기색을 보이며 민철에게 다가온다.

"민철 씨, 무사하셨군요!"

30 대 1로 싸워서 압도적인 실력으로 이들을 제압한 도안이 민철을 바라본다.

그가 무사하다는 것을 확인한 모양인지 안도의 한숨을 내쉬며 말한다.

"다행입니다. 저는 또 저 녀석들이 민철 씨에게 무슨 짓을 했는지 조마조마했습니다."

"하하, 아닙니다. 그보다도……"

슬쩍 도안의 뒤쪽에 양손과 두 발을 포박당한 채 바닥에 뒹굴거리고 있는 30여 명의 조직원들을 바라보던 민철이 만족스러운 미소를 지어 보인다.

"역시 도안 씨군요."

"이 정도야 아무것도 아니죠."

물론 도안의 말이 맞다.

맨손, 각목, 나이프로 9클래스 마스터를 상대하려면 적어도 백만 대군 정도는 이끌고 와야 할 것이다.

심지어 이들은 잘 훈련된 병사들도 아니다.

그저 뒷세계를 전전긍긍하면서 살아온 건달에 불과하다.

체계적인 훈련을 받지 않은 병사들이라면 도안을 상대할 순 없을 것이다.

"이게 도대체……."

또다시 이해할 수 없는 일이 발생했다는 듯이 차마 말을 잇지 못하는 남성진이 민철과 도안에게 해명을 요구하기 위해 두 사람을 번갈아 보기 시작한다.

그러나 민철은 그저 짧게 자신의 의도를 압축해 말해줄 뿐이었다.

"이 녀석들이 저희가 감금당했다는 사실을 증명시켜 주기 위한 증인이 될 겁니다."

*　　　*　　　*

예상치 못한 기사를 접한 탓에 강오선은 아침부터 혈압이 머리끝까지 상승할 뻔한 기분을 체험할 수밖에 없었다.

"그 개새끼들!! 평생 주먹만 쓰던 놈들이 뭐? 고작 회사원 놈들에게 도리어 잡혔다고? 그것도 단 세 명한테?!"

콰앙!!

책상을 내려친 강오선이 말도 안 된다는 듯이 이를 바득바 득 갈기 시작한다.

이미 각종 언론에선 강오선이 조직폭력배를 대동해 각종 연구 업체들의 입을 막았다는 것과 더불어 청진그룹 대책위 원회 사원도 납치를 시도했다는 기사 전문이 대한민국 전역 에 일파만파 퍼지고 있었다.

오늘 아침, 기자회견을 가지게 된 청진그룹은 피해자라고 주장하는 이민철 팀장과 남성진 팀장이 직접 나와 기자들에 게 자신들이 감금당한 사실을 상세하게 언급했다.

말로만 하면 그 누구도 믿어주지 않는다.

하지만 문제는 이다음부터였다.

민철과 성진을 실제로 납치한 조직원들이 현재 경찰에 구 속되어 있다는 점이다.

그중 청진그룹은 조직원의 보스이기도 한 남자와 직접 강 오선과 접선이 있었음을 암시하는 사실을 토로하는 발언을 담은 녹취록을 기자회견 현장에서 바로 공개해 버렸다.

덕분에 상황은 현재, 강오선에게 압도적으로 불리하게 돌 아가기 시작했다.

"빌어먹을, 일개 회사원 새끼들이 설마 조직폭력배를 제압 할 줄이야!!"

이건 강오선의 입장에선 정말 예상하지 못했다.

제아무리 무술 유단자라 하더라도 덩치 좀 있는 폭력배 조직원들을 전부 제압할 수 있을 거라고는 상식적으로 예상하기 어렵다.

강오선에게 들어온 비밀 정보에 의하면, 녀석들이 무슨 초능력 같은 걸 이용해서 조직원들을 제압했다고 하지만 그걸 믿어줄 바보가 어디 있겠는가.

"변명한다는 게 고작 초능력 핑계나 대고 있으니… 머저리 같은 놈들!!"

강오선이 다시 한 번 분노를 표출하듯 전화기를 집어 던지기 시작한다.

이렇게 해서 강오선이 조직폭력배를 대동했다는 사실은 빼도 박도 못하고 밝혀지게 되었다.

강오선과 직접 접선이 있는 조직폭력배 조직원들이 경찰에 사로잡혔으니, 이거야말로 가장 확실한 증거가 아니겠는가.

"젠장……!"

욕지거리를 내뱉으며 현재 자신에게 벌어진 상황에 대해 한탄을 늘어놓는 와중에, 비서가 다급히 다가와 외친다.

"크, 큰일입니다!!"

"여기서 더 큰일이 어디 있다고 그래!"

버럭 소리치는 강오선이었지만, 비서의 말이 더더욱 빨라

지며 강오선에게 벽면에 걸려 있는 티비를 가리킨다.

"지금… 한성유전자연구소 측에서……."

"뭐어?!"

티비를 켜자마자 한성유전자연구소에서 팀장을 맡고 있는 류선국이 모습을 드러내며 기자회견을 통해 또 하나의 진실을 언급하기 시작한다.

"…강오선 원내 대표의 부당한 행각을 전하고자 이 자리에 서게 되었습니다."

사건의 흐름은 점점 강오선의 목을 조여오고 있었다.

* * *

수많은 기자들.

그리고 여기저기서 터지는 플래시 세례 앞에서 류선국은 당당하게 먼저 마이크 앞에 서서 자신이 강오선 측에게 당한 부당한 행위들을 모두 실토하기 시작했다.

"강오선 의원은 제가 소속되어 있는 한성유전자연구소뿐만이 아니라 정앤비유전자검사원, 김정태 친자확인소, DA 유전자연구소까지 총 4군데의 연구 업체에 각종 협박과 회유를 가해 연구 결과를 최대한 늦추게끔 만들었습니다."

"혹시 그에 대한 증거가 있습니까?"

번쩍 손을 들며 묻는 기자를 향해 류선국이 나지막이 고개를 끄덕인다.

"한성유전자연구소는 기본적으로 건물 내에 CCTV가 장착되어 있습니다. 검찰 측에 이미 강오선 의원이 저희 한성유전자연구소를 방문한 내용을 담은 CCTV 촬영 파일을 넘겼으니 조만간 밝혀질 겁니다."

"……!!"

기자들이 헛숨을 삼키며 류선국의 말을 빠르게 받아 적기 시작한다.

단순한 출입 여부가 증거가 된다는 건 말이 안 될지도 모른다.

물론.

한성유전자연구소가 일반적인 병원이라는 가정하에서 보자면 말이다.

일반 병원이라면 몸이 아프거나 혹은 진료를 받기 위해 사람이 쉽게 오갈 수도 있다.

그러나 한성유전자연구소는 DNA를 통한 친자 확인을 전문으로 하는 전문적인 연구 업체이다. 그런 연구 업체에 강오선이 출입할 이유가 있을까?

아무리 생각해도 강오선이 한성유전자연구소에 사적인 볼일이 있어 출입했다고 보기는 힘들다.

"한성유전자연구소뿐만이 아닙니다. 다른 3군데의 업체에도 강오선 의원이 출입한 장면을 담은 CCTV 녹화 파일이 있으니 그것도 커다란 증거가 되지 않을까 싶습니다."

"과, 과연······!!"

하나가 아닌 4군데의 연구 업체 전부 다!

이러면 강오선이 한경배 회장과 한예지의 혈육 관계 증명 결과를 늦추기 위해 직접 손을 썼다는 것이 거의 확실시되는 순간이다.

한편.

류선국이 차근차근 강오선에게 당한 부당 행위에 대해 설명하는 동안, 기자회견이 열리는 내부 강당 구석에선 남성진이 민철을 슬쩍 바라보며 넌지시 질문을 던지고 있었다.

"언제 또 한성유전자연구소만이 아닌 다른 3군데 연구 업체까지 협력을 구한 겁니까?"

"얼마 안 되었습니다. 강오선의 사주를 받아 조직폭력배들을 모조리 경찰 측에 쑤셔 넣은 뒤 류선국 팀장이 양심선언을 통한 기자회견을 하겠다는 스케줄을 잡았을 때부터… 일걸요."

"그 짧은 시간 안에 어떻게 3군데나 되는 연구 업체를 설득한 겁니까? 민철 씨하고 제가 갔을 때에는 그렇게 부탁해도 콧방귀나 뀌던 그들이었을 텐데……."

"간단합니다."

민철이 옅은 웃음을 지어 보이며 자신이 벌인 모든 상황극에 대해 설명해 준다.

"조직폭력배, 그리고 류선국 팀장의 양심선언. 두 가지는 거의 빼도 박도 못하는 증거입니다. 그런데 다른 연구 업체 3곳이 '저건 거짓이다!' 라고 하면서 우리를 매도할 수 있을까요?"

"…절대 불가능하겠지요."

그건 남성진도 확신할 수 있었다.

왜냐하면.

청진그룹 측에서 제시한 증거가 너무나도 결정적이기 때문이다.

조직폭력배들과 강오선의 접선을 증명시켜 주는 녹취록, 그리고 한성유전자연구소 측의 자료까지.

이 모든 것들이 전부 현 상황을 결정짓는 데에 지대한 영향을 미치는 것들로 이뤄져 있는데, 언제까지 다른 연구 업체들이 강오선을 두둔하고 나서겠는가.

"주식으로 인해 짧은 기간 동안 많은 거금을 얻을 수 있겠지만, 강오선과 협력해 진실을 은폐하려 했다는 거짓말쟁이 이미지가 더해진다면 연구 업체들은 대중들에게 철저히 외면

받겠죠. 게다가 다른 곳도 아닌 친자를 확인해 주는 연구 업체입니다. 무엇보다도 진실과 신뢰가 절대적으로 요구되는 연구 업체가 조작 논란에 휩싸이게 된다면……."

"망하는 지름길이 되겠군요."

"예. 그래서 저는 연구 업체들에게 선택권을 줬을 뿐입니다. 현재의 일시적인 이득을 취하느냐, 아니면 앞으로의 미래를 지킬 것이냐."

"잔인한 사람이군요, 민철 씨."

"하하하, 먼저 그쪽에서 저희에게 마음을 열고 조금이나마 속내를 털어놓았다면 저도 이렇게까지 단호하게 두 가지 중한 가지를 선택할 것을 강요하지 않았을 겁니다. 류선국 팀장 같은 사람이 있었다면 말이지요."

결국 연구 업체들은 앞으로의 미래를 선택했다.

그 결과가 바로 지금이다.

오늘 있을 류선국 팀장의 양심선언 이후, 오후에 곧장 청진 그룹 측에서 한경배 회장과 한예지의 혈육 관계 검사 결과에 대한 여부를 본격적으로 발표할 예정이다.

발표 예정 시간은 오후 3시.

그리고 그 시간이 바로.

"강오선의 인생이 나락으로 떨어지는 시작을 알리는 시간이 될 것입니다."

대중들에게 한경배 회장과 한예지의 혈육 관계가 진실임을 알리는 것과 동시에.

강오선의 부당 행위를 고발한다.

민철은 최강의 방어 수단과 최강의 공격 수단을 동시에 마련해 단 한 번의 일격으로 강오선을 쓰러뜨릴 준비를 마치게 된다.

*　　　*　　　*

강오선이 저지른 온갖 음모와 음해가 만천하에 드러나는 순간.

"젠장!!!"

그저 그는 속수무책으로 민철이 마련한 책략에 당할 수밖에 없었다.

더 이상 역전의 한 수는 없다!

"설마… 조직폭력배를 증인들로 내세울 줄이야!!"

보다 더 확실하게 연구 업체들로부터 심리적 압박을 선사하기 위해 포섭했던 조직폭력배가 자신의 발목을 잡을 줄은 생각하지도 못한 것이다.

이렇게 된 이상.

어떻게든 살아남아야 한다.

"……."

다급하게 스마트폰을 집어 들어 어디론가 연락을 취하기 시작하는 강오선.

몇 번의 신호음 끝에 중후한 음색을 지닌 남자의 목소리가 들려온다.

─여보세요.

"전무님, 접니다! 강오선입니다!"

─…자네가 어쩐 일로 전화했지?

유독 차갑게 들리는 남자의 목소리에 순간 당황한 강오선이 다급하게 말을 이어간다.

"지금… 뉴스 보셨습니까?! 대책위원회 녀석들이 제 목을 조여오고 있습니다! 전무님의… 전무님의 도움이 필요합니다!"

─내 도움이 필요하다고?"

"네!!"

강오선의 이마에, 그리고 등에 식은땀이 맺혀가기 시작한다.

그도 어렴풋이 통화를 진행하면서 느끼게 된 것이다.

이 남자는…….

─자네가 누군지, 그리고 어떤 사람인지 모르겠고… 일절 관여하고 싶지도 않구만.

…강오선을 버릴 생각이다!

"무, 무슨 말씀이십니까, 전무님! 전 당신을 도와서 함께 청진그룹을 차지하기로……."

─난 조직폭력배를 대동해 연구 업체들에게 압박을 가하라는 지시는 한 적이 없네만.

"……."

─어설픈 책략은 오히려 자신에게 독이 되는 법이지. 잘 알아두게.

"그, 그치만 보다 확실하게… 녀, 녀석들에게 압박을 심어주고 더더욱 청진그룹 측에 협조적인 자세를 가지지 못하게끔 하기 위해서 취한 조치……."

─누가 자네에게 독단적으로 생각하고 판단하라 했나? 자네는 그저 나의 체스 말에 불과해. 체스 말은 플레이어의 생각에 따라 그저 체스 판에서 움직이고, 그리고 이용당하면 족한 존재네. 그런데 체스 말이 '생각'을 한다? 허허… 너무 어이가 없어서 웃음이 다 나오는군.

"전무님!!"

─이만 끊도록 하지. 앞으로 이 번호로 연락할 생각은 하지도 말게.

이윽고 남자의 말이 끝남과 동시에.

뚝.

'통화가 종료되었습니다' 라는 문구만이 강오선의 시야에 들어올 뿐이었다.

결국 분노를 참지 못한 강오선이 들고 있던 스마트폰을 강하게 내던진다.

"이런 개새끼가!!!"

콰앙!!

그대로 날아가 벽에 부딪친 스마트폰이 사정없이 박살 난다.

만신창이가 되어 바닥에 떨어진 스마트폰.

그것은 마치⋯⋯.

강오선의 현재 신세를 반영하는 듯했다.

*   *   *

한경배 회장과 한예지의 논란은 결국 청진그룹 측의 승리로 돌아가게 되었다.

대책위원회가 논란의 뒷수습을 하기 위해 당분간은 계속해 운영되기로 결정된 상황에서 서진구가 민철과 남성진을 자신의 사무실로 호출했다.

"저희 왔습니다."

"들어오게."

서진구의 말에 따라 두 사람이 문을 열고 사무실 내부로 들어선다.

흡족한 표정으로 두 사람을 바라보던 서진구가 연신 고개를 끄덕이며 말한다.

"이민철, 그리고 남성진… 정말 보기 좋은 투샷이군. 믿음직스러워! 하하하!!"

"감사합니다."

"자, 다들 그쪽에 앉게, 어서!"

"예."

포커페이스를 유지하는 민철과 더불어 별다른 표정 변화를 보이지 않는 남성진이 나란히 손님 접대용 소파에 착석한다.

서진구는 현재 말 그대로 날아갈 듯한 기분을 느끼고 있었다.

강오선은 대중들의 질타를 이기지 못해 결국 원내 대표 자리에서 물러남과 동시에 회생이 불가능할 정도로 밑바닥을 향해 추락하게 되었다.

더불어 한경배 회장의 손녀가 한예지가 맞다는 연구 검사 결과에 따라 청진그룹의 주가도 다시 상한세로 들어서기 시작했다.

물론 본래의 주가를 회복하기 위해선 아직도 모자라다.

하지만 그건 결국 시간이 해결해 줄 것이다.

애초에 글로벌 대기업, 자본주의의 대표적인 성공 사례로 불릴 만큼 강대한 자본과 영향력을 지니고 있는 게 바로 청진그룹이다.

과거의 그 위엄을 되찾는 건 시간문제에 불과하다.

청진그룹이 다시 본래의 궤도에 오르게 된 것에는 서진구의 눈앞에 있는 두 사람, 바로 이민철과 남성진의 공이 가장 컸다.

두 사람을 따로 부른 건 분명 무슨 이유가 있어서가 아닐까.

"한경배 회장님으로부터 자네들에게 들려주고 싶은 말이 있다고 하셔서… 내가 대신 그 말을 들려주고자 직접 이렇게 호출하게 되었네. 본래대로라면 직접 듣게 해주고 싶지만, 아직까지 요양에 전념하셔야 하니 그 점에 대해서는 자네들이 양해해 줬으면 하네."

"괜찮습니다."

"걱정하지 않으셔도 됩니다. 저나 민철 씨나 그 부분에 관해선 딱히 마음속에 담아두거나 하진 않습니다."

"그렇다면 다행이군. 그리고……"

슬쩍 두 사람을 훑어본 서진구의 표정이 약간의 진지함을 머금는다.

"이제부터 내가 들려주는 말들은 절대로 다른 사람들에게 이야기해서는 안 되네. 물론 두 사람이라면 충분히 내가 하는 말을 잘 이해할 거라 생각하네만."

"예."

"알겠습니다."

민철과 성진이 차례대로 서진구의 말에 따르겠다는 듯한 반응을 보여준다.

두 사람의 확답을 다시 한 번 들은 서진구.

이윽고 크게 한 번 고개를 끄덕이며 이들에게 파격적인 말을 들려주기 시작한다.

"회사의… 청진그룹의 미래에 대해서일세."

*　　　*　　　*

"생각보다 날씨가 덥네."

손그늘을 만들어 보이며 뜨겁게 내리쬐는 태양 밑에 모습을 드러낸 한 명의 아리따운 여성, 이체린이 한 손에 가득 든 과일 음료와 함께 어느 한 병원에 입성한다.

"어머, 어서 오세요."

카운터에 있던 간호사가 이제는 익숙해진 모양인지 체린을 보자마자 먼저 반갑게 인사한다.

"안녕하세요. 예지 씨 병실에 있죠?"

"네, 이제 막 일어나서 TV 시청하고 있어요."

"고마워요."

가볍게 고개를 끄덕여 준 뒤 엘리베이터 앞으로 향하는 체린.

엘리베이터에 탑승한 뒤 3층 버튼을 누르자, 얼마 지나지 않아 그녀가 목적으로 삼은 층수에 도달하게 된다.

이윽고 301호실의 문을 살며시 열며 안으로 들어서자, 기다리고 있었다는 듯이 그녀를 반겨주는 한 명의 여성이 힘없는 미소와 함께 체린의 방문을 맞이해 준다.

"오셨어요?"

"일어나 있었네요. 조금 더 자는 게 좋지 않나요?"

"아니에요. 이제 자는 것도 지겨워질 정도인걸요."

체린을 향해 인사를 건네는 젊은 여성.

바로 한경배 회장의 손녀딸인 한예지였다.

제2장

기회(Chance)

딱딱!

지포 라이터를 이용해 몇 번 불 피우기를 시도하던 민철이 쓴웃음을 지으며 입에 물었던 담배를 다시 내려놓는다.

이 세계에 오고 나서 민철이 가장 마음에 들었던 것은 바로 이 담배다.

레디너스 대륙의 경우에는 담배 자체가 두껍고 그리고 거칠었다.

휴대용으로도 영 불편했고, 한 대를 피우면 자리를 잡고 족히 30분 이상은 연기를 입에 물고 살아야 했다.

그러나 이 시대의 담배는 뭐라고 할까. 스마트폰이라는 용어를 빌려서 표현하자면 말 그대로 스마트(Smart)하다는 표현을 써도 어울리지 않을까 싶다.

휴대용으로도 충분하고, 작고 간편하다.

언제 어디서든 담배를 지니고 다니면서 피울 수 있다는 점이 민철의 마음을 사로잡았다.

그러나 민철은 이 시대에 오고 나서 담배를 그다지 많이 피우진 않았다.

처음에는 그저 새로운 차원에서도 담배라는 게 생성되고 있다는 게 신기해서 몇 번 피우긴 했지만, 맛이라고 해야 할까, 풍미라는 게 없다.

레디너스의 담배는 비록 휴대하기에도 불편하고 거칠지만, 그래도 뭔가 깊은 맛이 있다.

하지만 이 차원의 담배는 전혀 그렇지 않다.

그저 말 그대로 입가심용에 불과하다.

맛도 없을뿐더러, 사실 민철은 사소한 결심도 하나 했었다.

두 번째 인생을 살게 되었으니, 이번만큼은 금연에 성공해보자고 말이다.

레이폰 더 데스사이드는 담배 애호가로도 유명했다. 술뿐만이 아니라 담배까지. 몸에 안 좋은 것들은 죄다 하던 탓에 사실 그다지 건강한 생활을 보내진 못했다.

그렇다고 병에 찌든 인생을 보낸 것도 아니었다. 자기 관리 또한 처세술의 일부이기에 나름 몸 관리도 꾸준히 하긴 했지만, 그래도 술과 담배를 끊었다면 보다 더 건강한 삶을 보낼 수 있지 않았을까 하는 아쉬움이 들 뿐이다.

전생에 남은 그 아쉬움을 날려 보내기라도 하고 싶었던 것일까. 그래서 이번 기회에는 술도, 담배도 끊고 운동도 주기적으로 하며 건강한 인생을 보내고자 마음을 먹었다.

하지만.

직장생활에서 술을 빼놓을 수 없는 없는 환경이 자주 조성되면서 어쩔 수 없이 술은 입에 다시 대기 시작했다.

그래도 담배는 어찌어찌 참아가고 있었지만…….

"한 대만 피우자."

결국 마지못해 자기합리화로 스스로를 설득한 민철.

누가 달변가 아니랄까 봐 그렇게 자기 자신을 납득시키면서 지포 라이터에 불을 붙인다.

촤악!

이글이글 타오르기 시작하는 작은 불꽃에 서서히 담배의 끄트머리를 가져다 댄다.

그 순간.

미세한 연기가 피어오르더니, 민철의 마음을 흡족하게 하는 향을 자아내기 시작한다.

"…바로 이 맛이군."

오랜만에 맛보는 담배의 향에 민철이 자신도 모르게 짧은 탄식을 자아낸다.

오늘따라 상당히 담배가 많이 땡겼던 탓에 어쩔 수 없이 이렇게 하나를 또 피우게 된 것이다.

그도 그럴 수밖에 없었다.

"청진그룹의 미래라……."

서진구가… 아니, 한경배 회장이 선택한 인재들.

바로 이민철과 남성진.

두 명의 젊은 사원들은 서진구로부터 한경배 회장이 전달해 준 메시지를 받게 되었다.

"이거 참……."

옅은 한숨을 내쉰 민철이 지금이라도 당장 비가 쏟아질 것만 같은 하늘을 올려다보며 혼잣말을 중얼거린다.

"내가 생각했던 것보다 훨씬 더 빠르게 목표에 도달할 수 있겠군."

*   *   *

병원의 어느 한 병실.

창문 바깥을 내다보던 채린이 살짝 미간을 찡그리며 말한다.

"방금 전까지 날씨가 그렇게나 좋았는데… 비가 올 모양인가 보네요."

"그러게 말이에요."

힘없는 미소로 체린의 말을 받아주는 예지.

그녀를 바라보던 체린이 나지막이 한숨을 내쉰다.

"이제 더 이상 걱정하지 않아도 돼요, 예지 씨. 뉴스 보셨죠? 강오선 원내 대표가 잘못을 인정하고 스스로 자리에서 물러난 것으로 이번 사건은 끝이 난 거예요. 더 이상 아무도 예지 씨와 한경배 회장님의 관계를 의심하지 않을 거구요."

"…그렇군요."

위기는 오히려 기회라는 말이 있다.

한경배 회장과 한예지, 두 사람의 혈육관계가 외부로 밝혀짐으로 인해 더더욱 한경배를 중심으로 뭉친… 이름하야 회장파 세력의 힘은 보다 더 견고해졌다.

당사자인 예지에겐 물론 정신적인 피해가 있었지만, 세상에는 빛이 있으면 그림자가 있는 법이다. 이처럼 어떠한 일이 일어나면 반작용 또한 자연적으로 발생하게 마련이다.

하지만.

"이번 일을 통해서… 한 가지 깨달은 게 있어요."

"깨달은 거요?"

"네."

예지가 다시 한 번 한숨을 내쉰다.

그녀가 깨달은 게 도대체 무엇일까.

의아함을 표현하는 체린을 향해 예지가 서서히 입을 열기 시작한다.

"전… 아무래도 할아버지를 대신해서 청진그룹의 중심에 설 수 없을 거 같아요."

"네……?"

대한민국의 재벌들은 대부분이 상속으로 이뤄진 경우가 많이 있다.

물론 한경배 회장은 예외적인 케이스다.

자기 자식이 있다 하더라도 회사의 모든 경영권을 비롯해 전부를 상속으로 물려준다기보다는 능력이 있는 사람을 선정해 그 사람에게 물려준다… 대한민국의 암묵적인 관습과 고정관념의 시선으로 보자면 비교적 개방적인 마인드를 가지고 있다.

그래서 사실 예지에게 100% 한경배 회장의 모든 권한이 상속될 거란 생각은 누구도 하지 않았다.

하지만, 혈육이기에 만약 예지가 우수한 능력을 보유하고 있다는 게 한경배 회장을 비롯해 회사 간부들에게 인정을 받게 되면 한경배는 자신의 손녀딸에게 회사의 모든 것을 물려줄 생각도 충분히 있었다.

능력만 된다면.

그러나 예지는 이번 사건을 통해 자신이 결코 큰 재목이 될 수 없다는 것을 여실히 깨달았다.

"고작… 혈육이라는 걸 부정당했다고 회사 일도 제대로 못하는 제가 과연 그 중심에 설 수 있을까 해서요."

"예지 씨……."

"사실 저도 욕심이 있었어요. 충분히 잘해낼 자신이 있다고, 그리고 돌아가신 부모님을 대신해서 어떻게든 할아버지의 뒤를 이어받을 수 있을 거라고… 하지만 안 될 거 같아요."

"아니에요, 예지 씨. 나약한 생각 하지 마세요. 제가 보기엔 예지 씨도 충분히 잘하실 수 있다고 생각해요."

"…체린 씨."

예지가 체린을 응시하기 시작한다.

촉촉해진 눈망울.

미세하게 떨리기 시작하는 가녀린 어깨를 바라보던 체린이 천천히 걸어가 그녀를 가볍게 안아준다.

"너무 겁먹지 마세요. 다 잘될 거예요."

자신보다 어린 나이의 예지는 한경배 회장의 손녀딸이라는 직함에 걸맞도록 스스로 모든 고난을 넘어왔다.

그리고 앞으로도…….

이보다도 더한 난관이 그녀의 앞에 펼쳐질 것이다.

이번 사건은 그런 그녀에게 있어서 고작해야 초보적인 난이도에 불과하다.

과연 이 연약한 여인이 인생이란 이름의 거친 파도에서 살아남을 수 있을까.

걱정이 되기도 하면서 동시에 어떻게 해서든 예지의 힘이 되어주고 싶다는 생각을 남몰래 품기 시작하는 체린이었다.

* * *

"훌륭하군."

남우진이 자신의 아들에게 건넨 한마디였다.

"한경배 회장은 나를 탐탁지 않게 생각하고 있지만… 너는 다르다. 능력과 성품으로 사람을 평가하는 한경배 회장이라면, 분명 너를 높게 쳐줄 거라 예상했다."

"감사합니다, 아버지."

오랜만에 본가를 찾은 남성진은 가벼이 고개를 끄덕이며 테이블 위에 놓여져 있는 와인잔을 들기 시작한다.

"어차피 이 애비는 한경배 회장에게 제대로 미운 털이 박혔기 때문에 아마 그 사람에게 모든 것을 이어받을 수 없을 거다. 하지만 너라면 가능해."

"…그렇습니까."

"그래. 왜냐하면 서진구 부회장이 너를 부른 이유가 바로 그것이지 않느냐."

"······."

한경배 회장이 서진구를 통해 남성진에게 들려준 말은 사실 별거 없었다.

'회사의 미래는 자네들과 같은 젊은 인재들에 의해 꾸려지게 될 것이다' 라는 둥, 혹은 '이번 일에 대해서 한경배 회장이 두 사람의 가치를 상당히 높게 평가했다' 라는 말들이 대부분이었다.

그러나.

그 말에 담겨 있는 의미는 상당히 크다 할 수 있다.

한경배 회장이 남성진을 인정했다는 뜻이기도 하다.

동시에.

"차기 회장 후보에 오를 수 있다는 말도 내포되어 있지."

"······."

남우진의 입가에 미소가 어리기 시작한다.

자신의 아들이라면 분명 한경배 회장의 마음에 들어 할 거라 예상했기 때문이다.

능력도 출중하고, 인간관계 관리 능력도 뛰어나면서 동시에 위기상황 대처능력 역시 다른 사람들에 비해 우월하다 할 수 있다.

하지만 남우진의 마음에 걸리는 한 가지 요소가 존재하고 있었다.

바로…….

"이민철이라는 남자가 끼어 있다는 게 상당히 거슬리는군."

남우진의 입장에선 자신의 아들이 단독으로 한경배 회장에게 인정을 받았다는 것에 대해서 의의를 가지고 싶어 했다.

그러나 불행하게도 이민철이라는 걸림돌이 떡하니 버티고 있었다.

"그 녀석만 어찌어찌하면 참 좋을 텐데……."

"아니요, 그 남자는 어떻게든 살아남을 겁니다."

순간 남우진이 성진을 응시한다.

"요즘 들어 이민철을 상당히 높게 평가하는 거 같구나."

"그 남자는… 제가 평가할 만한 사람이 아닙니다."

완벽주의자인 그가 타인을 인정하다니.

생전 처음 들어보는 성진의 발언에 순간 놀란 남우진.

그러나 성진은 인정할 수밖에 없었다.

"청진그룹을 차지하게 되는 건… 아마도 이민철일 겁니다."

패배감이나 굴욕감이 아니다.

남성진, 그가 완벽을 추구하는 남자라고 한다면…….

이민철은 이미 완벽에 가까운 남자라 할 수 있었기 때문이다.

*   *   *

예지가 입원해 있는 병원 건물 바깥을 나선 체린.

주차장 쪽으로 다가가더니, 차량 근처에 머물며 스마트폰을 매만지고 있는 자신의 연인에게 다가간다.

"늦지 않게 왔네, 민철 씨."

"요즘은 할 일이 없거든."

대책위원회는 요즘 들어 한가함 그 자체라 할 수 있었다.

현재 그들이 하는 일이라고는 강오선 측에서 주구장창 떠들어댄 일의 뒷수습만이 전부다.

한창 한경배 회장과 한예지의 혈육 관계의 진위 여부를 논할 때 당시에는 야근이 기본 옵션으로 적용되어 있었다.

그러나 지금은 그저 논란의 여파가 남아 있는 기사를 모니터링하거나 혹은 각종 언론 미디어와 미팅을 해 청진그룹 측의 억울함과 더불어 피해 사실을 알리기 위한 작업에 집중하고 있는 중이다.

"이미 논란이 종결된 사건의 뒷수습을 하는 건 그리 어려운 일도 아니니까."

"그럴지도 모르겠네."

"우선 타도록 해. 물어볼 것도 있고."

"응, 알았어?"

고개를 끄덕이며 민철의 옆자리에 탑승하는 체린.

그와 동시에 민철이 빠르게 묻는다.

"내가 지시한 건?"

"충분히 다 이행했어. 그리고 굳이 민철 씨가 나에게 말해 주지 않아도 충분히 아버지 또한 '청진그룹 주식'을 대량으로 매입할 생각이셨나 봐."

"그랬군."

연구업체 관련자들, 그리고 강오선만이 청진그룹의 주가 폭락, 상승 정보를 실시간으로 접하고 있던 게 아니다.

이번 사건을 거의 좌지우지하다시피 한 남자는 바로 이민철이라고 할 수 있다.

이미 체린을 통해서 다량의 주식 매입을 지시했던 이민철.

아마 그가 이번 사건의 가장 큰 수혜자가 아닐까 싶다.

* * *

"그나저나 민철 씨."

옆에서 민철이 운전하는 운전석에 탑승한 체린이 넌지시

질문 하나를 던진다.

"민철 씨가 다량의 회사 주식을 매입했다는 사실은 퍼지면 좋지 않은 사실이지?"

"물론."

"비밀로 해야겠네."

민철은 조직폭력배 인원들, 그리고 류선국의 양심선언 시기 등을 잘 파악해 청진그룹의 주가가 하한선을 찍는 동안 체린을 비롯해 자신의 손이 뻗치는 사람들을 대동해 청진그룹의 주식을 대량으로 매입하게끔 손을 써둔 상태다.

결국 민철이 원하고자 하는 목적은 다름이 아니다.

"최대한 청진그룹을 차지할 수 있는 방도를 많이 개척해두는 게 나의… 아니, 우리들의 목표니까."

"우리들이라……."

그 '우리'라는 범주 내에는 물론 이체린이라는 여자도 포함되어 있음을 굳이 묻지 않아도 충분히 잘 알 수 있었다.

"아무튼 아버님께는 잘 말씀드려. 그리고 내가 제시한 계획… 슬슬 추진하게끔 만들고."

"알았어."

체린도 민철 못지않은 야망가다.

비록 여자이긴 하지만, 그녀 또한 자신이 보유하고 있는 머메이드란 브랜드를 널리 키우고 싶어 하는 욕심으로 따지면 아마 결코 민철 못지않은 야심을 자랑할 것이다.

대한민국이라는 한정적인 나라에서 끝날 게 아니다.

전 세계를 넘어!

머메이드가 대형 기업으로 성장할 날을 최대한 단축시키기 위해 체린이 직접 움직이기 시작한다.

*   *   *

대책위원회가 드디어 해산되고, 민철은 다시 자신의 부서인 총괄기획팀으로 돌아올 수 있었다.

"수고 많았다, 민철아."

여기저기서 들려오는 축하 메시지.

민철과 남성진, 두 남자의 활약으로 이번 사건이 종결되었다는 건 이미 청진그룹 내부에서는 유명한 일화이기도 하다.

"고생 많았다."

황 부장이 민철의 어깨를 토닥여 주며 말하자, 민철이 머쓱하게 웃어 보인다.

"아닙니다. 오히려 부장님께서 더 고생하셨지요."

"나야 고생이라고 할 것까지야 있나."

실제로 활약은 민철이 했다 말해도 결코 과언이 아닐 것이다.

이렇게 회사 내에서 이민철이란 이름은 다시 한 번 내부 인사들의 뇌리에 강하게 박히게 되었다.

강오선 사건.

그 이후로 청진그룹은 꽤나 많은 변화의 바람을 맞이하게 되었다.

우선 한예지의 자리가 당분간 공석으로 바뀐 것을 비롯해서 한경배 회장의 건강 악화로 인해 서진구 부회장이 일시적으로 또다시 회장 대리직을 겸하게 되었다.

변화의 바람 속에서 민철은 확실하게 한경배 회장으로부터 자신의 이름 세 글자를 각인시키는 데에 성공했다.

물론 강오선 사건은 겉으로 보기엔 정말 아무런 문제 없이 깔끔하게 끝난 것처럼 보인다.

하지만 민철의 시선엔 전혀 다르게 보였다.

"사건은 아직 끝나지 않았습니다."

회사 건물 옥상.

난데없이 민철의 호출을 받게 된 남성진은 그의 발언 때문에 한동안 말을 잇지 못했다.

"사건이… 안 끝났다니요."

"말 그대로입니다. 허위 사실 유포로 인해 강오선은 결국 나락까지 떨어지게 되었지만, 문제는 그다음부터입니다."

"무슨 뜻인지 제대로 말씀해 주시면 감사하겠습니다."

"간단합니다."

민철의 입가에 슬며시 미소가 어린다.

"강오선과 협력 체계를 갖춘 진범이 아직 안 잡혔다는 뜻입니다."

"진범이… 있다는 말입니까?"

"예, 아마도 그 진범이 먼저 강오선과 접선해서 그에게 내부 정보를 제공했겠지요. 성진 씨도 대책위원회에 소속되어 있었기 때문에 잘 아실 겁니다. 저희가 나름 강오선 측에서 흘러나오는 주장을 맞받아치려고 준비를 해도, 강오선은 오히려 우리의 대응을 잘 알고 있다는 듯이 반론에 반론을 가한 경우가 심심치 않게 많지 않았습니까?"

"그건… 분명 그렇군요."

남성진이 고개를 끄덕이며 민철의 말에 찬성하는 의사를 표현한다.

내통자가 있다!

남성진도 물론 그 사실을 어렴풋이 눈치채고 있었다.

그러나 성진이 궁금하게 여기는 건 따로 있었다.

"왜 그걸 굳이 저한테 말해주는지 모르겠군요."

자신 말고도 민철이 이 사실을 토로할 수 있는 사람은 여러 명이 있을 것이다.

대표적인 게 바로 황고수 부장.

그리고 서진구 회장 대리도 있다.

하지만 민철은 그 사람을 놔두고 바로 자신을 찾아왔다.

심지어 남성진은 민철과 척을 지고 있는 남우진 세력의 대표적인 인물 아니겠는가.

"회사를 살리겠다는데 적군, 아군이 어디 있겠습니까?"

"……."

민철의 너스레에 한동안 그를 지그시 응시하던 성진이 살짝 목소리를 낮춘다.

"본심을 들려주지 않으면 저 또한 민철 씨의 말에 협력할 의사는 없습니다."

이번 일은 강오선에게 맹공을 가하기 위해 일부러 조직폭력배 인원들에게 의도적으로 잡히는 연극과는 차원이 다른 이야기다.

어찌 보면 외부 공격자인 강오선보다 내통자를 잡는 게 더 고난도 문제가 될지도 모른다.

"간단합니다."

민철이 가볍게 어깨를 으쓱이며 말한다.

"현재 한경배 회장님께 많은 지지를 받고 있는 건… 서진구 회장 대리를 제외하고 바로 저와 남성진 씨, 두 명입니다."

"그거야……."

남성진이 불만 가득한 얼굴로 민철을 바라본다.

"저의 경우에는 엄밀히 말하자면 민철 씨가 거의 공을 떠먹여 준 덕분에 회장님으로부터 신뢰를 얻을 수 있게 되었지만요."

"하하하, 아직도 화가 덜 풀리셨습니까?"

"…아닙니다."

여전히 자신에게 모든 것을 설명해 주지 않고 독단적으로 계획을 진행하는 민철의 처세에 남성진은 살짝 뿔이 나 있었다.

마치.

그에게 조종당하는 것과도 같은 그런 기분을 느낄 정도였으니 말이다.

다른 누구도 아닌 천하의 남성진이 다른 이에게 조종을 당하다니.

완벽주의자에 가까운 그에게 있어서 자존심이 매우 상할 일이라고밖에 표현할 방법이 없다.

"저는 남성진 씨가 보다 더 회장님에게 능력을 인정받았으면 좋겠습니다."

"…그게 무슨 뜻이지요?"

"말 그대로입니다. 동기 좋다는 게 그런 거죠."

"……"

결국 끝까지 민철은 남성진에게 속내를 털어놓지 않는다.

민철의 말을 직설적으로 풀이하자면 다음과 같다.

성진 씨, 함께 힘을 합쳐서 내통자를 잡읍시다!

하지만 성진의 입장에선 비밀이 많은 민철과 다시 한 번 협력 체계를 갖추는 것에 대해서 여전히 불만이 많았다.

"이번 협력 제안은 아무래도 결별될 듯합니다."

"아쉽군요."

"그리고 굳이 민철 씨가 아니더라도 대책위원회에 소속되어 있던 사원들, 그리고 간부들도 전부 내통자가 있다는 것 정도는 눈치챘을 겁니다. 물론 사건이 해결된 마당에 이제 와서 내통자를 잡아들이기 위해 회사를 다시 한 번 뒤집을 만한 용기가 나지 않을 뿐이지, 조만간 민철 씨가 행동에 나서지 않아도 회사 측에서 알아서 내통자를 수색할 겁니다."

"전 그때까지 기다리지 못합니다. 오히려 누구보다도 내통자를 먼저 잡아낼 생각이거든요."

"…공을 차지할 생각이군요."

"네."

민철이 가볍게 고개를 끄덕이기 시작한다.

누구보다도 많이.

그리고 누구보다도 더더욱 높게.

한경배 회장으로부터 받은 무한 신임의 탑을 쌓아간다.

그리고 그 목표는 하나다.

청진그룹을 자신의 것으로 만든다!!

일개 사원에 불과한 민철의 입장에서는 그저 허황된 꿈에 불과할지도 모른다.

그러나.

민철에겐 결코 불가능한 미션이 아니다.

애초에 이루기 힘든 목표였으면 고차원적 존재와 내기조차 하지 않았을 것이다.

강오선 사건.

이것은 분명 청진그룹 측에선 최악의 사건이라 불릴 만한 대사건에 속할지도 모른다.

그러나 민철의 입장에선 오히려 하나의 커다란 계기를 만들어줄 만한 기회를 선사해 준 그런 사건으로 기록될 것이다.

그 계기라 함은…….

바로 이민철이란 남자가 청진그룹의 모든 것을 이어받을 후계자로 자리매김할 발판을 가리키는 것일지도 모른다.

"그렇다 하더라도 이번만큼은 민철 씨의 뜻대로 움직이긴 싫습니다. 꼭두각시가 될 바에야, 차라리 제가 스스로 내통자를 잡아내게끔 할 겁니다."

"어쩔 수 없군요. 성진 씨가 그렇게까지 말하신다면야… 굳이 저도 강요하진 않겠습니다."

이뤄질 수 없는 협상 테이블을 굳이 자신이 희생하면서까지 만들어낼 필요는 없다.

말이라는 수단을 통해서 상대방을 충분히 설득할 수 있는 재간은 되지만, 지금과 같은 경우에는 그저 남성진이라는 협력 수단이 있으면 좋고, 없으면 그만인 상황이었기 때문에 깔끔하게 포기해 버린다.

곧이곧대로 보자면, 지금 이 자리는 아쉬움이 없는 자리일 뿐이다.

"한 가지 물어봐도 됩니까?"

자리를 뜨려는 민철을 향해 남성진이 궁금증을 이기지 못하고 묻는다.

"어째서 이번 일의 공을 민철 씨 혼자가 아닌 저와 동시에 나눈 겁니까? 사실 강오선 사건을 해결하는 데에 모든 공을 세운 건 민철 씨라 해도 과언이 아니지 않습니까."

"모든 것을 저 혼자 만들었다고 보기엔 힘듭니다. 저 혼자만의 공로가 아닌, 대책위원회… 아니, 청진그룹을 사랑하는 모든 이들이 만들어낸 결과라 할 수 있지요."

"그렇다면 더더욱 이해가 안 되는군요. 다른 사람들이 아닌 특정 대상인 '저'를 콕 찍었다는 게 말이지요."

민철은 이번 사건을 해결하는 데에 지대한 공로를 세운 인물로 남성진을 강력하게 어필했다.

그 덕분에 남성진 또한 의도치 않게 한경배 회장으로부터 두터운 신임을 얻게 된 것이다.

게다가 이번에는 같이 내통자를 잡자는 제안까지 해왔다.

분명 이민철은 남성진과 무엇을 꾸려가고자 하는 의도가 다분히 존재한다.

하지만 남성진은 민철의 의도를 전혀 모른다.

"간단합니다."

민철이 나지막이 한숨을 내쉬며 말을 이어간다.

"제가 너무 젊은 탓입니다."

"…네?"

"한경배 회장으로부터 회사의 미래를 맡길 수 있는 인물이라는 타이틀을 거머쥐기 위해선 결코 저 혼자만으론 부족합니다. 이민철… 저란 사람은 너무 나이도 젊고, 다른 사람들이 보기엔 쥐뿔도 모를 만한 나이 어린 사원에 불과하죠. 그래서 적어도 제가 부족한 걸 가지고 있는… 제가 없는 걸 가지고 있는 누군가와 '동시에' 회장님으로부터 인정을 받아야 합니다. 오로지 저 단독으로 공로를 세웠다고 했다면, 회장님이 직접적으로 저에게 대외적인 신임을 드러내지 않았을 겁니다. 물론 마음속으로 제가 믿을 만한 사람이라는 건 생각하시겠지만, 그렇다고 회장님이 저를 절대적으로 신임하고 있다는 생각을 대외적으로 드러냈을 경우 수많은 적들이 저를 가만히 놔두지 않았을 테니까요. 특히나 남우진 부회장님의 세력들이."

"그래서 민철 씨는 저에게… 아니, 아버지에게 같이 좋은 포상을 던져 주신 겁니까?"

"예. 성진 씨가 저와 함께 능력을 인정받아야 남우진 부회장님이 저를 대놓고 공격하지 않으실 거 같았으니까요."

"……."

"그리고 굳이 그런 이유가 아니더라도, 전 개인적으로 남성진 씨를 싫어하지 않습니다. 좋은 사람이라 생각하고 있기에 앞으로도 두 사람이라면 같이 '청진그룹을 차지할 수 있지 않을까' 라는 생각을 했지요."

"……!!"

처음 듣는 민철의 목표 의식.

물론 다른 사람이 들었을 땐 말도 안 되는 소리라며 혀를 찰지도 모른다.

그러나.

다른 누구도 아닌 이민철이 말하기에 남성진으로서는 결코 그 일이 불가능하진 않을 일이라는 게 체감상으로도 확 와 닿기 시작한다.

"앞으로도 좋은 관계를 유지했으면 좋겠습니다, 남성진 씨."

그렇게 말하며 옥상 계단을 내려가는 이민철.

그는…….

역시 남성진이 생각했던 그대로 어마어마한 야심가였다.

*   *   *

카페 머메이드로 잘 알려져 있던 브랜드 '머메이드'는 최근 각종 뉴스 기사를 통해 공식적으로 요식업 전반에 사업을 확장할 것을 발표하게 되었다.

기사가 발표될 무렵은 이미 요식업계 진출 준비 단계가 거의 마무리되고 있는 상황이었다.

"후우."

짧은 한숨을 내쉰 체린이 머리를 감싸 쥐며 다수의 서류 뭉치들을 바라본다.

카페라는 전문적인 분야 하나만을 놓고 회사를 경영했을 때보다 요식업이라는 훨씬 범위가 넓은 사업을 총괄하려고 하니 업무가 배로 늘어난 기분이었다.

"인력을 더 뽑아야 하나……."

생각지도 못한 인력난에 허덕이기 시작한 머메이드였다.

그러나 이것도 전부 다 기업이 성장하기 위해선 어쩔 수 없는 난관이리라.

체린은 그렇게 다시 한 번 마음을 다잡기 시작한다.

한창 사무실에서 인력 부족을 통감하고 있던 체린의 귓가에 익숙한 목소리가 들려온다.

"무엇을 그렇게 고민하고 계세요?"

예전에 민철과의 연을 통해 카페 머메이드에 취직하게 된 류혜진이 선뜻 체린의 맞은편 책상에 앉으며 묻는다.

소수대학교 정문 앞 머메이드 지점에서 일을 하게 된 혜진이었으나, 의외로 체린과 죽이 잘 맞아 이렇게 체린을 사무적으로 보좌하는 역할로 본사까지 와서 일하게 되었다.

한때는 혜진도 민철에게 이성적으로 관심을 가지고 있어서 두 사람이 연인 관계라는 걸 알았을 때 자동적으로 체린에 대한 반감을 가지기도 했지만… 그래도 어찌하랴. 남녀 관계라는 게 혜진이 생각한 그대로 이뤄지지 않는 것임을 잘 알기에 깔끔하게 포기할 수밖에 없었다.

아쉽긴 하지만 그래도 민철과 친한 오빠, 여동생 관계로 남는 것에서 만족하기로 결심하게 되었다.

그리고 체린도 사실 알고 보면 나쁜 언니도 아니다.

물론 업무적으로 조금 빡세게 굴린다는 감이 없지 않아 있지만 말이다.

"고민이라… 많지."

긴 머리를 뒤로 쓸어 넘기며 혜진을 바라보던 체린이 딱 잘라 자신이 고민하고 있는 내용이 무엇인지 나타낸다.

"인력이 너무 부족해."

"아… 그렇긴 하죠."

물론 체린도, 그리고 그녀의 아버지도 민철 못지않은 야심가에 속하는 건 맞다.

하지만 설마 이렇게 빨리 요식업계 전반에 사업을 확장시킬 줄은 꿈에도 몰랐다.

덕분에 정신이 없는 쪽은 체린이었다.

"그래도 민철 오빠의 생각도 나름 일리가 있다고 봐요. 그… 청진그룹이 거의 유일하게 정복하지 못한 쪽이 요식업이잖아요?"

"그렇긴 하지."

대한민국 자체에서는 사실 청진그룹 계열 제품, 혹은 상품이 불티나게 팔리고 있다 해도 과언이 아니다.

100% 완전독점까지는 아니지만, 각 분야 상품별로 거의 과반수의 판매 지분을 차지하고 있으니 청진그룹의 영향력이 얼마나 큰지 실감할 수 있을 것이다.

그런 청진그룹이 유일하게 손을 대지 못한 쪽이 바로 요식업이다.

더욱이 머메이드는 음료라는 측면에서 사업을 펼쳐 온 브랜드다.

그렇다면 청진그룹에 비해 쉽게 요식업에 뛰어들 수 있지 않을까.

"아무튼 민철 씨가 하라는 대로 믿고 가는 수밖에 없지. 아버지도 민철 씨에 대해서 상당히 높게 평가하시는 거 같으니까 말이야."

"그것보다 체린 언니."

"직장에선 언니라고 부르지 말랬잖니."

"앗차!"

한 손으로 입을 가리며 자신의 실수를 귀엽게 표현하는 혜진.

그녀의 모습에 체린조차 피식 웃음을 토해낸다.

"그래, 뭐니?"

"민철 오빠랑 결혼은 언제 하세요?"

"요식업계 쪽 사업이 안정화되면 하겠지? 그것보다도 그런 질문은 왜 하는 거니."

"그냥… 궁금하잖아요."

그래도 한때 좋아했던 남자라 그런가.

쉽게 민철에 대한 감정을 끊지 못한 모양인지 쌜쭉한 표정으로 체린에게 살짝 투정부리듯 대답한다.

체린의 곁에서 사무적으로 보좌하는 중책을 맡고 있다곤 하지만.

역시 아직 20대의 귀여운 여성다운 면모를 간직하고 있는 혜진의 모습이었다.

*　　　*　　　*

대책위원회가 해산되고 청진그룹 사내 분위기 자체는 평
화를 되찾은 듯이 보였다.

물론.

그것이 거짓된 평화임을 몇몇은 이미 눈치챈 지 오래였다.

"이 팀장도 잘 알고 있겠지만……."

총괄기획부 사무실.

조성민 실장과 서기남 주임, 그리고 이민철 팀장을 불러 모
은 황고수 부장이 3명의 남자를 주욱 훑어보며 말한다.

"대책위원회 멤버였던 인원 중에 내통자가 있는 듯하다."

"내통자… 말씀이십니까?"

조 실장이 순간 헛숨을 들이켠다.

총괄기획부 내부에선 로봇이란 별명을 가지고 있을 만큼
표정 변화를 보기 거의 힘든 서 주임조차도 동공이 크게 확장
될 정도였다.

그러나 민철은 담담하게 황 부장의 말을 받아들인다.

이미 대책위원회 내부 인원 중 내통자가 있다는 건 민철도
눈치를 채고 있었다.

"사실 어렴풋이 이런 생각은 하고 있었다만……."

황 부장이 잠시 말을 끊더니 자신의 생각을 풀어내기 시작한다.

"강오선이 청진그룹을 공격해 봤자 과연 무슨 '이득'을 볼 수 있는지에 대해서. 그 점이 상당히 궁금했거든."

"생각해 보니……."

조 실장이 혼잣말을 내뱉으며 황 부장이 들려준 말을 곱씹는다.

서 주임 또한 곰곰이 생각을 해보니 굳이 강오선이 자신의 신분에 대한 위험부담을 감수하면서까지 청진그룹을 공격할 필요가 있었을까 하는 의구심을 품게 된다.

물론 현재의 청진그룹은 보기 좋은 먹잇감이다.

한경배 회장이라는 중심이 자리를 비운 사이, 외부에서 조금만 압박을 가해도 크게 흔들릴 법한 위태로움을 지니고 있는 게 현 청진그룹의 실태다.

중심이 없다!

그게 바로 청진그룹의 불안 요소 중 하나다.

그렇다고 서진구 부회장이 회장 자리에 취임하기도 현실적으로 어려운 일이다.

제아무리 공동창업자라 하더라도 오랫동안 회사를 떠나 있었던 인물이기도 하고, 더욱이 본인이 회장직이라는 자리를 위임받기 싫어하는 상황인데 누가 서진구를 중심으로 청진그룹 시스템을 재정립할 생각을 하겠는가.

한경배 회장의 뒤를 잇는 2세대를 중심으로 뭉칠 필요가 있다.

그러나 강오선 사건으로 인해 그 2세대의 자리에 가장 큰 물망으로 올랐던 한예지가 큰 타격을 입게 된 것이다.

가뜩이나 사회 경험이 부족한 20대 여성에 불과한 그녀가 청진그룹이라는 거대한 자본주의 덩어리를 이끌어가기에는 많이 부족하단 인식이 사내 여기저기서 새어 나오게 되었다.

그 계기가 된 것이 바로 강오선 사건이라 할 수 있다.

결국 무난하게 잘 해결하긴 했지만, 결과적으로 완벽하게 사건을 해결하진 못했단 뜻이다.

회장 세력의 중심이 될 2세대의 부재.

그 여파는 사내 간부급 인사들 사이에서 이미 충분히 지적되었다.

회장 세력의 근간을 흔들었던 강오선 사건.

그렇다면 여기서 더더욱 의문이 남겨진다.

"강오선의 원래 목적이 무엇이었을까가 관건인데⋯⋯."

회장 세력을 약화시켜서 강오선이 얻는 득이 있을까?

애초에 강오선은 사내 세력에 몸담고 있는 인물도 아니다.

회장 세력이 약해지면 자연스럽게 부회장인 남우진의 세

력이 보다 더 크게 덩치를 부풀릴 수 있을 것이다.

그 점을 연결시킨다면……

답은 나올 수 있지 않을까.

"내통자가 남우진 부회장과 남성진이라고 한다면 가장 깔끔한 모양새가 될 터인데."

"……!!"

황고수의 발언 때문일까.

순간 조 실장이 다급하게 총괄기획부 사무실 출입문과 더불어 창문들을 살핀다.

옆에 있던 민철이 입꼬리를 슬쩍 말아 올리며 그의 행동에 대한 의구심을 드러낸다.

"왜 그러십니까, 조 실장님?"

"아니, 그게 아니고……."

물론 민철도 조 실장이 왜 그러는지 잘 알고 있다.

보나 마나 뻔하기 때문이다.

"혹시나 지나가다가 누가 들었을까 싶어서."

"하하하, 확실히 황 부장님의 방금 그 말은 위험한 발언이긴 하죠."

"그러게 말이야. 나 같으면 진짜 심장이 떨어져 나갈지도 모를 텐데… 대단하십니다, 황 부장님. 어떤 의미론 정말 존경스러워질 정도에요."

올곧은 신념과 뚝심 있게 일을 밀고 나가는 게 바로 황고수 부장의 장점이다.

그래서 속칭 SKY 대학 라인이라 불리는 인력들에 비해 부족한 학벌에도 불구하고 당당히 여기까지 올라올 수 있었던 것이다.

하지만.

'때로는 그 태도가 독이 될 터인데.'

융통성 있는 처세술을 주 무기로 삼는 민철의 입장에서는 다르게 보이기도 했다.

황 부장의 태도가 언젠가는 큰 화를 불러올지도 모른다는 생각을 늘상 지니고 있던 민철이기에 가끔은 뚝심 있는 그의 모습이 불안하게 느껴질 때도 있다.

능력은 출중하나 회사라는 건 곧 능력만으로 위로 오르기엔 분명 한계가 있는 곳이다.

방금 전에도 혹여나 지나가던 남우진, 혹은 남성진이나 아니면 그들과 친분이 있는 사람들이 황 부장의 말을 들었다면?

분명 황 부장에게 질책이 쏟아질 것이다.

"황 부장님은 그런 점에 대해선 좀 더 뭐라고 해야 할까⋯ 융통성 있게 행동하시면 좋겠습니다. 눈치라든지 그런 거요."

"미안하군."

헛기침으로 잠시 화두를 돌린 황 부장이 조 실장에게 사과한다.

여하튼 다시 본론으로 넘어온다면, 황 부장의 추측이 현재까지 가장 신빙성이 있다 해도 과언이 아니다.

"남성진과 남우진 부회장… 회장님의 세력이 약화된다면 가장 많은 득을 보는 건 강오선이 아닌 그쪽 세력일 테니까 말이야."

"즉… 강오선과 남우진 부회장이 서로 협력 관계란 뜻입니까?"

서 주임이 다시 한 번 재차 확인하듯 묻자 황 부장이 살며시 고개를 가로저어 보인다.

"어디까지나 심증일 뿐이지, 확실한 증거는 없네."

"그렇군요……."

심증이라 하더라도 뭔가 딱딱 들어맞는 추측임에는 틀림이 없다.

상식적으로 생각해도 강오선 외의 내부 내통자가 누구일지 생각한다면 한경배 회장과 한예지를 직접적으로 노려 이득을 볼 남우진과 남성진을 꼽을 수 있다.

비단 황 부장만이 이런 생각을 하고 있는 게 아니란 뜻이다.

실제로 민철 또한 그런 가능성도 생각해 봤다.

그러나.

"전 개인적으로 좀 의견이 다릅니다."

민철의 말에 모두의 시선이 집중된다.

대책위원회 전선에서 직접 발로 뛰며 움직인 인물이기도 하고, 동시에 강오선 사건을 종결시킨 당사자이기도 한 사람이 바로 이민철이다.

그의 발언 또한 결코 무시할 수 없을 것이다.

"이건 제가 확답드릴 수 있는 말이지만⋯ 성진 씨는 내통자가 아닙니다."

"이유가 뭐지?"

"만약 남성진이 처음부터 남우진 부회장과 짜고 강오선과 협력 체계를 이룬 인물이었다면, 저를 도와 강오선을 나락으로 떨어뜨리는 데에 협조하지 않았을 테니까요."

"흠⋯ 그렇긴 하지."

조 실장, 그리고 서 주임이 고개를 끄덕이며 민철의 말에 공감한다는 뜻을 내비치기 시작한다.

외부적으론 민철과 남성진, 두 남자가 이번 사건을 해결하는 데에 중추적인 역할을 했다고 공표되어 있다.

물론 대다수 민철의 공이긴 하지만 말이다.

"아무튼, 내통자를 찾는 일에 대해서는 우리 부서가 타 부서에 비해 한발 먼저 접근해 성과를 이뤄야 할 필요가 있네.

그래야 총괄기획부의 영향력이 더욱 강해질 테니까. 이런 굵직한 사건 하나하나를 직접 해결해 감으로써 우리 부서의 파급력을 높여가는 거지. 잘 알아두도록."

"예, 알겠습니다."

많은 의견을 내세우는 것도 중요하지만, 증거가 없는 심증만 여기저기 난무하면 회의가 산으로 갈 우려도 있다.

그걸 잘 알기에 우선 별다른 특별한 증거가 나오기 전까지 내통자 추측에 많은 시간을 할애하진 않겠다는 듯이 이야기를 끊은 황 부장이 다음 안건에 대해 언급한다.

"한예지 양을 대신해 새로운 사무 보조 사원을 영입했네만."

"벌써요?"

빠른 황 부장의 일처리에 짐짓 놀란 조 실장이 감탄을 토해낸다.

아직까지 정상적인 업무를 처리할 수 없는 예지의 공백을 메꾸기 위해 이미 부족한 인력을 조달해 온 그의 준비성에 놀란 것이다.

황 부장의 말이 끝나자마자 누군가가 총괄기획부 사무실의 문을 두드린다.

똑똑.

"들어오세요."

"실례합니다."

어디서 많이 듣던 목소리가 민철의 귀를 간지럽힌다.

성별로 따지자면… 여성에 가깝다.

서서히 모습을 드러내는 여성.

그러나 민철은 이미 그녀를 알고 있다.

왜냐하면.

"안녕하세요. 당분간 계약직으로 같이 일하게 된 오태희라고 해요."

이미 한 번 그녀와 전 직장에서 호흡을 맞췄던 적이 있었기 때문이다.

*　　　*　　　*

"안녕하세요, 오태희라고 해요."

"……!"

총괄기획부 사무실 내부에 모습을 드러낸 아리따운 한 명의 여성.

그녀의 모습에 순간 침침한 남자 4명만이 자리를 차지하던 작은 사무실에 화사함이 감돌기 시작한다.

"아, 안녕하세요. 조성민 실장이라고 합니다."

"…서기남 주임입니다."

머쓱하게 자리에서 일어나 자기소개 모드로 돌입하게 된 두 사람.

이미 황 부장과는 서로 통성명을 한 것으로 보인다.

여기서 중요한 포지션을 차지하고 있는 인물이라고 한다면.

바로 이민철일 것이다.

"오랜만이에요, 민철 씨."

"민철 씨?!"

"오랜… 만??"

조 실장과 서 주임의 고개가 절로 민철을 향해 돌아간다.

한편.

졸지에 지목을 받게 된 민철이 머쓱하게 머리를 긁적이기 시작한다.

"예, 오랜만입니다, 태희 씨."

"야, 민철아. 저분하고 아는 사이냐?"

궁금증을 참지 못하고 묻는 조 실장을 향해 곧장 지체 없이 답변을 들려준다.

"예. 제가 심곡 지점에서 인턴 생활을 하고 있을 때 신세를 졌던 분입니다. 당시 경리직을 맡고 있었지요."

"오호… 분야는 다르지만, 그래도 나름 경력이 있구만."

탄식을 금치 못하는 조 실장을 뒤로하고 황 부장이 어떻게 된 영문인지 알아서 다른 인원들에게 설명을 들려준다.

"실은 당분간 한예지 양이 복귀하기 전까지 그 빈자리를 어떻게 채울 수 있을지 고민하던 찰나에 민철이… 아니, 이 팀장한테 괜찮은 사람이 있다고 추천을 받아서 말이야. 그래서 임시적으로 당분간 우리 사무실에서 사무 보조 업무를 담당하게 될 사람으로 뽑게 되었네."

"계약직이라니… 뭔가 아쉽네요. 이런 미인은 두고두고 보기 위해서라도 정직원으로 승격시키는 게 우리들의 사명 아니겠습니까, 부장님?"

"사명은 무슨."

되도 않는 농담은 하지도 말라는 식으로 단칼에 조 실장의 발언을 커트해 버리는 황 부장이었다.

물론 실력을 인정받게 된다면 정직원 승격의 기회를 잡을 수 있을지도 모른다.

하지만.

그건 오히려 태희 쪽에서 거절할 가능성이 크다.

왜냐하면 애초에 그녀는 정직원을 노리고 이번 계약직을 수락한 것도 아닐뿐더러, 태희는 그녀만의 꿈을 간직하고 있기 때문이었다.

실력을 인정받는 네일 아티스트가 되어 자신만의 가게를 차리고 싶다는 그런 꿈이 있다.

그 꿈을 위해서라도 우선은 기본적인 자금 정도는 모아둬야 하는 것.

그래서 민철의 추천을 받고 연락처를 교환받은 황 부장이 직접 그녀에게 이번 일자리를 제안하게 되었고, 마침 아르바이트만으로는 자신이 생각하는 목표 금액, 그리고 네일 아티스트 기술을 가르쳐 주는 학원비를 충당하지 못할 거 같다는 생각이 든 태희가 혼쾌히 이번 제안을 받아들이게 되었다.

이것도 다 이민철 덕분이라 해도 과언이 아니다.

"부족하게 보이실지도 모르지만, 앞으로 잘 부탁드려요!"

"저희야말로 잘 부탁드리겠습니다."

오태희.

심곡 지점에서 경리직을 맡던 그녀가 다시 한 번 민철과의 인연을 쌓을 수 있는 기회를 맞이하게 되었다.

*   *   *

담배 한 대를 피우기 위해 잠시 휴게실로 자리를 옮기게 된 총괄기획부 3인방.

가장 많은 짬을 보유함과 동시에 황 부장이 부재 시에는 대장 격으로 승격되는 조 실장이 먼저 선뜻 아무도 꺼내지 못한 말을 입에 담는다.

"한예지 양은… 어떻게 될지 모르겠군."

"그건 무슨 말씀이십니까?"

담배는 피우지 않지만, 가끔 이렇게 조 실장의 이야기 상대로 같이 불려 나오는 일이 유독 많은 서 주임이 선뜻 질문을 펼친다.

"아니, 내 인맥 소식통에 따르자면……"

"이번에는 어느 쪽 인맥입니까?"

먼저 출처를 파악하고자 하는 의도를 가득 담아 묻는 민철의 확인 작업에 순간 말을 끊은 조 실장이 입에 문 담배를 잠시 내려놓은 뒤 대답한다.

"예지 양이 입원해 있는 병원. 그쪽에서 일하고 있는 의사 녀석이 내 고등학교 후배거든."

이렇게 보면 진짜 조 실장이 어째서 사람들에게 인맥의 왕이라 불리는지 알 수 있는 대목이 아닐까 싶다.

"여하튼 다시 본론으로 돌아와서. 내 인맥에 따르자면 말이야."

서 주임과 민철을 슬쩍 훑어본 조 실장이 작은 목소리로 속삭이듯 말한다.

"청진그룹과 앞으로 계속 지속적인 연을 쌓아갈 것처럼 보이진 않는다고 하더라."

"…정말입니까?"

조 실장의 말을 듣고 있던 서 주임이 짐짓 놀란 반응을 선보인다.

표정 변화가 거의 없는 그가 이 정도 반응을 보이자 나름 보람을 느낀 모양인지 신이 난 조 실장이 계속해서 입을 열기 시작한다.

"소위 말해서 '카더라 통신 '이긴 하지만, 지금까지는… 그리고 앞으로도 회사 업무에 복귀할 낌새는 보이지 않는데."

"그런 일이……."

"물론 이 말은 어디 가서 막 퍼뜨리고 다니면 안 된다."

"물론입니다. 절대 그럴 리는 없을 겁니다."

무덤까지 가지고 가겠다는 결의를 담은 채 고개를 끄덕이는 서 주임이었으나.

'생각보다 영양가가 별로 없는 정보군.'

뭔가 자신이 놓친 정보를 들을 수 있지 않을까 하는 기대감을 가졌던 민철로서는 속으로 조 실장의 정보에 대한 실망감을 감추기 힘들었다.

물론 표정상으로는 서 주임과 마찬가지로 조 실장의 말을 잘 새겨듣겠다는 굳은 표정을 유지하고 있었지만 말이다.

한예지가 당분간 회사로 돌아오지 않을 거란 정보는 이미 체린을 통해서 파악하고 있었다.

최근 들어 급격하게 예지와 친해진 체린.

같은 업계, 그리고 동종 업자는 아니지만 그래도 사업과 거대한 회사의 중추적인 포지션을 담당하고 있다는 공통 요소 덕분에 예지는 체린을 친언니처럼 따르기 시작했다.

오로지 믿고 의지할 만한 사람은 할아버지인 한경배 한 명뿐이었던 예지로선 자신의 생각에 공감해 주고 더불어 이해해 줄 수 있는 언니 같은 사람을 가지기를 늘상 원해왔다.

그런데 그 자격에 체린이 정확하게 합격점을 받게 된 것이다.

제아무리 민철이 예지와 같은 부서에서 일하고 있는, 그리고 입사 동기라는 가까운 사이이긴 하지만, 결국 성별과 신분의 차이를 넘기에는 힘들다.

이성이면서 일개 사원에 불과한 민철보다 동성이면서 유명 카페 브랜드 대표의 딸인 체린이 훨씬 더 예지의 공감 대상자로서 적합한 건 굳이 말로 표현하지 않아도 당연한 사실일 것이다.

그래서 최근 민철은 체린을 통해서 그녀의 앞으로에 대한 행보를 얼핏 들은 적이 있다.

우선 당분간은 회사에 복귀하지 않고 병원에서 퇴원하는 그대로 심적인 안정을 취하기 위해 휴식 스케줄을 최우선으로 잡고 있다는 말을 들었다.

더불어 최대한 언론에 노출되지 않게끔 유의하며 신분을

감추는 쪽으로 활동할 것이란 정보 또한 이미 입수했다.

인맥의 왕이라 하더라도 결국은 넓고 얕게 정보를 접할 뿐이지, 보다 더 심도 있는 정보를 원한다면 당사자, 혹은 그에 관련된 사람과 직접적인 연줄이 있는 것이 최고다.

그러나 민철이 이미 조 실장보다도 한발 먼저 더 많은 정보를 입수했단 사실을 모르고 있는 조 실장은 그저 민철에게 방금 자신이 내뱉은 말을 철저히 비밀로 붙여달라는 강조만을 들려줄 뿐이었다.

"저도 최대한 입단속하겠습니다."

"그래, 그래. 내가 특별히 같은 부서니까 알려주는 거야."

"감사합니다, 조 실장님."

물론 민철은 이미 한 귀로 듣고 한 귀로 흘러버리는 방식으로 조 실장이 건네준 정보를 금방 머릿속에서 지울 뿐이었다.

*   *   *

조 실장과 서 주임은 잠시 외근 나갈 일이 있다고 하기에 먼저 홀로 사무실로 들어오게 된 민철.

문을 열고 안으로 들어서자, 사무실에는 혼자서 책상 정리에 임하고 있는 태희의 모습이 들어오기 시작한다.

"어머, 민철 씨."

"황 부장님은 어디 가셨나요?"

"네, 잠깐 위층에 올라가셨어요."

"그렇군요……."

오늘부터 첫 출근인 탓에 정리할 것도 상당히 많아 보인다.

책상 여기저기에 개인적인 짐을 포함해서 여러모로 준비해야 할 게 생각보다 많은 터라 상당히 애를 먹는 태희였다.

"도와드리겠습니다."

"아니에요, 괜찮아요. 저 혼자서도 충분히……."

"컴퓨터 세팅 정도는 제가 해드릴 수 있습니다. 그동안 다른 걸 정리하시면 되겠지요?"

"……."

"그리고 저도 지금 당장은 할 일이 없습니다. 오히려 태희 씨가 빠르게 사무실 내부에 정착하시는 편이 제 시간을 보다 효율적으로 보내는 일이라고 생각합니다만."

"그렇다면야… 더 이상 거절할 수가 없네요."

민철의 스타일은 이미 태희도 잘 알고 있다.

두 사람이 처음 보는 사이도 아니고, 심곡 지점에서 나름 많이 일을 해온 민철이기에 태희 또한 그대로 그의 친절을 받아들인다.

한동안 그렇게 태희의 짐 정리를 하는 도중에, 민철의 시선이 슬쩍 태희에게로 향한다.

잘록한 허리 라인을 강조하듯 딱 달라붙는 여성 정장 재킷과 더불어 커피색의 스타킹으로 감싸인 탄력적인 각선미가 남심을 자극한다.

잠시 못 본 사이에 더더욱 미모와 몸매에 물이 오른 태희의 모습에 두근거리지 않을 남자가 어디 있을까.

'체린이 알게 된다면 노발대발하겠군.'

결혼을 앞둔 사이인데, 그래도 설마 바람을 피울까.

그리고 태희가 아직까지 자신에게 이성적으로 좋아하는 마음을 가지고 있는지, 없는지에 대한 여부도 확신할 수 없다.

굳이 체린과의 관계를 악화시킬 만한 일은 벌이기 싫었기에 주의하자며 마음을 독하게 먹는 민철이었다.

한편.

열심히 짐 정리를 하는 척하지만, 사실 태희의 신경은 이미 이민철이라는 남자에게 잔뜩 쏠려 있었다.

그간 서로 보지 못했던 사이에 민철은 더더욱 성장해 있었다.

풋풋한 느낌보다는 이제 어엿한 어느 한 부서의 팀장으로서, 그리고 사회 경험을 토대로 부쩍 어른스러운 느낌과 더불어 믿음직한, 그리고 듬직한 아우라도 느껴진다.

남자로서 매력이 한층 더 상승한 민철을 향해 태희는 필사적으로 자신의 마음을 컨트롤하기 시작한다.

본래 애정도 주말 부부가 더더욱 궁합이 좋다고 하지 않던가.

한동안 못 본 사이에 서로의 변화에 어느 정도 두근거림을 느끼고 있었지만, 사실 태희도 어렴풋이 들어서 알고 있었다.

민철의 약혼 소식에 대해서 말이다.

"민철 씨."

"예."

"그… 채린 씨랑 조만간 결혼하실 계획이라고 들었는데요…….."

"알고 계셨군요."

프린터와 데스크탑 본체를 연결하기 시작한 민철이 고개를 살며시 끄덕여 준다.

"일단 서로 양가 부모님들에게는 허락을 받았습니다. 구체적인 날짜는 정해지지 않았지만요."

"바로 결혼하시는 건 아니신가요?"

"예. 기사에도 나왔지만, 머메이드가 정식으로 요식업계에 발을 뻗치는 중이라서요. 그게 조금 안정화된다면 아마 식도 진행하지 않을까 싶습니다."

"그렇군요…….."

나지막이 중얼거리던 태희가 속으로 실낱같은 희망을 느

낀다.

혹시나…….

정말 혹시나.

민철이 다시 한 번 자신을 돌아봐 줄 가능성이 있지 않을까?

그런 마음이 들어서인지 모르겠지만, 방금 전까지만 하더라도 살짝 주눅이 들어 있던 태희의 표정이 그래도 조금은 밝아지기 시작한다.

제3장

음모 I

강오선 사건이 남긴 여파는 서서히 진정되어 가기 시작했다.

물론 그때 당시만 하더라도 강오선 사건은 대한민국 내부에서 가장 핫한 뉴스거리로 사람들의 입에 자주 오르락내리락했었다.

그러나 대한민국 특유의 빨리 불붙고 빨리 사그라드는 그런 형태의 분위기 덕분에 강오선 사건 또한 지금은 많이 가라앉은 분위기를 자아내고 있었다.

하나 그것은 어디까지나 청진그룹 외부의 일일 뿐이다.

"…그렇군. 내통자가 누구일지에 대해서도 생각하지 않을 수가 없어."

청진전자 부사장, 남우진이 의자에 몸을 묻으며 혼잣말을 내뱉는다.

내부적으로는 아직 강오선 사건의 여파가 남긴 잔재의 영향력이 아직도 맹렬하게 불타오르고 있었다.

오히려 강오선 사건이 벌어졌을 당시보다도 더 심각하다고 표현해도 무방할 정도였다.

강오선과 내통한 내부 고발자가 있다!

그 사실 하나만으로도 청진그룹 내부의 분위기는 얼음장마냥 차갑게 얼어붙을 수밖에 없었다.

바보가 아닌 이상 내통자가 있다는 건 이미 모두가 다 눈치챈 상황이기 때문이다.

"뭔가 이득을 볼 건수가 있었기에 일부러 한경배 회장을 저격했겠지."

"그게 대부분 부사장님이라 생각한다는 게 문제지만 말입니다."

남우진을 보좌하고 있는 장진석 전무가 현재 청진그룹 대부분의 사람들이 가지고 있는 인식에 대해 간략하게 표현했다.

"한경배 회장 세력을 약화시키기 위해 부사장님께서 강오선과 담합을 한 게 아니냐 하는 추측들이 난무하고 있습니다."

"하긴… 회장이 전선에서 물러나게 된다면 가장 많은 이득을 보게 되는 게 바로 나니까."

어찌 보면 불쾌하게 들릴지도 모르지만, 남우진은 순수하게 청진그룹 내부의 여론을 인정하고 있었다.

어쩔 수가 없다.

남우진이 제3자의 시선이라도 분명 자신이 강오선과 연합을 맺어 한경배 회장을 저격했을 거라고 추측했을 게 분명하다.

"물론 전 부사장님이 그런 짓을 했을 리가 없다고 생각합니다."

장 전무가 소파에 앉은 채 남우진을 똑바로 응시한다.

남성진의 아버지답게 남우진은 없는 죄를 만들어내서 남을 모함하거나 하는 그런 기교를 부리지 않는다.

압도적인 실력 차이로 상대방을 제압한다!

완벽주의자인 남성진의 피는 괜히 엄한 곳에서 물려받은 게 아니다.

바로 남우진의 이런 성격으로부터 물려받은 셈이다.

"하지만 확실히 사내의 여론을 종결시킬 필요는 있겠군."

남우진의 성향을 모든 사람이 전부 알고 있는 건 아니다.

물론 남우진은 실제로 강오선과 담합한 적도, 그리고 연락한 적도 없다.

오히려 강오선이 청진그룹을 매도할 당시만 하더라도 남우진 또한 하루라도 빨리 강오선 사건이 종결되기만을 바라고 있던 인물 중 한 명이었으니 말이다.

실제로 그와 담합한 적은 없지만, 이미 사내 분위기상 여론이 그렇게 조성되고 있었다.

덕분에 한경배 회장을 중심으로 뭉친 세력들은 더더욱 남우진을 향해 적개심을 불태우며 똘똘 뭉치게 되었다.

강오선 사건은 남우진 측에서는 아무런 이득도 없는 사건으로 남게 된 것이다.

"오해를 벗어날 방법부터 생각하시는 편이 좋을 거 같습니다."

"벗어날 방법이라······."

남우진의 미간이 살짝 찡그려지기 시작한다.

그러더니 이내 자신의 솔직한 속내를 털어놓는다.

"굳이 꼭 그래야 하나?"

"예······?"

"잘못한 것도 없는데 굳이 내가 해명을 해야 하는 이유를 모르겠군."

"그치만 이미 여론이 그렇게 형성되어······."

"그건 그 녀석들의 오해지, 오히려 내가 아니라고 스스로 나서서 주장하게 된다면 제 발이 저린 격으로밖에 보이지 않네. 그리고 난 그런 소문 따윈 연연하지 않아. 구차해 보이니까."

"……."

"남자가 그런 소문 하나하나 신경 써가며 좀스럽게 행동하는 건 내 스타일이 아닐세. 오해하고 싶으면 오해하라고 하게. 난 나만의 방법을 고집할 테니까."

"…예, 알겠습니다."

남우진 또한 억척스럽고 고집적인 면모가 있다.

그것도 보통 고집이 아니다.

황소고집!

'이래서 한경배 회장과 한때 죽이 잘 맞았나 보군.'

젊은 시절 때부터 한경배 회장의 오른팔이 되어 우직하게 모든 일을 추진해 왔다.

잡스러운 사소한 일 따윈 신경 쓰지 않으면서 말이다.

그래서 주변에서도 이상한 오해를 많이 사온 남우진이였지만, 결국 그의 고집으로 청진그룹 내부에서 가장 많은 영향력을 행사하고 있는 청진전자를 차지하게 되었다.

어찌 보면 남우진의 말이 맞을지도 모른다.

심증만 있을 뿐, 증거가 없는 소문에 민감하게 반응할 필요는 없다.

그리고 다른 누구도 아닌 청진전자의 우두머리인 남우진
이다.

그저 심중에서 파생된 사소한 소문 하나하나에 민감하게
반응할 필요까지는 없을지도 모른다.

그러나.

장 전무의 생각은 달랐다.

"하지만 이미지 관리라는 게 있지 않습니까? 부사장님을
보좌하는 제 입장에선 그래도 나름 소문을 통제할 방법을 찾
는 게 맞는 거 같습니다."

"통제라……."

"부사장님께서 마음에 들어 하지 않으신다면, 제가 조금
힘을 써보겠습니다. 이번 일은 저에게 맡겨주시겠습니까?"

"……."

어차피 남우진은 자신이 직접 이 소문을 잠재울 생각이 없
다.

그렇다면 하다못해 부하 된 사람에게 이번 일을 맡기는 것
도 나쁘진 않을 거란 생각이 들기 시작한다.

"알아서 해보게."

"예, 감사합니다."

남우진으로부터 어느 정도 재량 권한을 받게 된 장 전무가

가벼이 고개를 숙인 뒤 자리에서 일어서며 사무실 문을 열고 바깥으로 나서게 된다.

천천히 문이 닫히면서 완벽하게 사무실 내부에서 모습을 감출 무렵.

"……."

무엇이 못마땅한 것일까.

남우진의 시선은 한동안 닫힌 문을 향해 고정되어 있었다.

*　　　*　　　*

"부장님! 황 부장니임~!"

다다다다닷!

총괄기획부 사무실을 향해 뛰어오다시피 하여 도착한 조 실장이 거칠게 숨을 토해낸다.

안 그래도 배불뚝이의 거구 체형인데, 복도를 마치 트랙 삼아 달리기 선수마냥 뛰어오니 숨이 안 찰 수가 없었다.

"헉… 헉……."

"오, 안 늦었네요."

민철이 나름 대단하다는 듯 감탄사를 토해낸다.

현재 시각, 저녁 6시 반.

본래 퇴근 시간은 6시로 고정되어 있지만, 총괄기획부 소속 사원들 전부가 30분이나 사무실에서 대기하고 있던 이유는 단 하나다.

바로 잠깐 외부에 볼일이 있어 나갔던 조성민 실장을 기다리는 것 때문이었다.

"그, 그래도… 아, 안 늦었다… 나…….."

"아니요, 이미 30분이나 늦었습니다만."

단칼에 조 실장의 허언을 잘라 버리는 민철의 한마디였다.

그가 이렇게 다급히 뛰어온 이유는 사실 하나밖에 없다.

바로 오늘이 총괄기획부 회식일이기 때문이다.

회식이 잡히게 된 형식상 이유는 새로 영입된 오태희를 환영하기 위해서다.

부가적인 이유로 황 부장과 민철이 소속되어 있던 대책위원회가 강오선 사건을 잘 해결하는 쪽으로 마무리가 되었다는 축하의 의미도 내포한 회식 자리이기도 하다.

홍보팀의 유문주 실장과 마찬가지로 유흥 문화를 굉장히 선호하는 축에 속하는 조 실장이 이런 회식 자리에 빠질 리가 있겠는가.

외근이 있다 하더라도 사내 술자리가 있다면 어떻게 해서라도 재빠르게 외근 업무를 끝내고 다시 회사로 들어올 사람이다.

실제로 지금도 그랬다.

"후딱 퇴근할 준비 해라. 우리는 회사 로비에서 기다리고 있을 테니까."

"아… 부장님, 금방 끝나니까 같이 좀 가요!"

"이 녀석이……."

깊은 한숨을 쉬며 난데없이 떼쓰기(?)를 시전하는 조 실장을 보며 혀를 차는 황 부장.

그때, 민철이 쓴웃음을 감추면서 황 부장에게 선뜻 제안한다.

"제가 기다렸다가 같이 내려갈 테니 부장님께서는 먼저 내려가 계세요."

"그래, 그러는 편이 좋겠구나."

가볍게 민철의 어깨를 토닥여 주며 서기남 주임와 태희를 데리고 회사 로비로 먼저 내려가기 시작하는 황 부장이었다.

한편, 사무실 불을 하나하나씩 끄며 조 실장에게 빨리 준비하라는 압박감을 은근슬쩍 넣어준다.

"조 실장님. 불 다 꺼집니다."

"얌마, 땀 좀 닦자, 땀 좀!"

이미 겨울도 다 지나가는 시점에서 땀을 한 바가지 흘린 채 젖은 옷을 선풍기로 말리고 있던 조 실장이 투덜투덜 불만을 털어놓는다.

"전 바깥에서 기다리고 있을게요. 조 실장님 책상 위 불 하

나만 끄고 나오시면 됩니다. 아, 그 선풍기도 잊지 마시고
요."

"컴퓨터는 다 껐지?"

"예."

요즘 전기세 절약이니 뭐니 하는 형태의 공문이 각 부서로
전달되면서부터 전력 소모가 심한 제품은 퇴근 시에 반드시
끄고 퇴근하라는 압박이 부서마다 강하게 적용되고 있었다.

만약 공문 내용을 이행하지 않을 경우에는 가벼운 처벌이
있을 거란 말 덕분에 사원들의 퇴근 마무리는 더더욱 엄격하
고 꼼꼼해졌다.

"후우."

복도 바깥으로 나온 채 조 실장을 기다리는 민철.

그때, 마침 민철과 연이 있는 누군가가 서류 봉투를 들고
총괄기획부 사무실을 지나치고 있었다.

"어머나, 오랜만이네요."

"……"

민철이 가장 만나고 싶지 않은 축에 속하는 인물.

바로 경영지원팀의 추화연이었다.

"내 기억으론 오랜만은 아니라고 생각하는데."

"본래 사람이라 함은 하루에 적어도 세 번 정도는 얼굴을
마주쳐야 있는 정, 없는 정이 생기게 마련이니까요."

"굳이 없는 정까지 만들고 싶은 생각까진 없다만."

"여전히 매정하시네요. 서로 협력 관계까지 구축했는데 이러기에요?"

"……."

인정하고 싶지 않지만, 민철은 그녀와 나름 견고한 협약을 이루게 되었다.

추화연으로부터 고차원적 존재들에 관한 정보를.

그리고 민철은 그녀에게 화술과 처세술이라는 기술을 전달해 주기로 했다.

"말하는 걸 보면, 굳이 내가 맨투맨으로 마크하면서 화술을 알려줄 필요까진 없어 보이는데."

"전 농담만 잘하는 타입이거든요."

"오히려 그게 더 신기하군."

농담을 일삼는 고차원적 존재라니.

민철의 입장에선 아무리 생각해도 신기할 따름이다.

"유머러스함이 삶을 보다 윤택하게 만든다고 하잖아요? 기사에서 봤어요."

"그 기사까지 부정할 생각은 없다만… 여하튼 뭔가 새로운 정보는 없나?"

"어떤 정보를 원하는 거죠?"

직접적으로 묻는 그녀에게 민철이 듣고 싶어 하는 가장 큰

종류의 정보를 언급한다.

"도안… 아니, 레이너 슈발츠와 같이 레디너스 대륙에 있었을 당시 나에게 깊은 원한을 산 녀석들을 이 세계로 다시 소환할 거라는 그런 견제 정보 같은 거."

"아, 그런 일은 거의 없을 거예요. 사실 당신 말고 다른 이 세계인을 이 차원에 소환한 것 자체가 잘못된 일이니까요."

"그랬었지……."

지금 당장은 도안과 원만한 관계를 유지하고 있다 하지만, 언제나 그가 민철의 최악의 적이 될 가능성도 있다는 걸 충분히 염두에 둬야 한다.

"더 이상 골머리 썩일 만한 일은 사절이다. 너도 다른 고차원적 존재들이 또다시 그런 일을 저지르지 않도록 철저하게 잘 마크해 둬."

"물론이죠. 저 또한 다른 변수가 생기는 건 원치 않으니까요."

"…그건 다행이군."

"그나저나 레디너스 대륙에서 원한 샀던 사람들이 꽤 있나 보네요. 그렇게까지 걱정하는 걸 보면 말이죠."

"시끄러워."

레이폰 더 데스사이드.

말은 잘하지만, 그를 싫어하는 사람들도 꽤나 있었던 것이 아닐까.

그렇게 추측한 화연이 장난기 가득한 미소를 지어 보이기 시작한다.

*   *   *

회식을 위해 미리 예약해 둔 가게로 향하는 총괄기획부 일동.

최근 민철이 연결해 준 고깃집 브랜드, 돈냥으로 향하게 된 일행들이 예약석으로 자리를 잡아 술자리를 즐기기 시작한다.

"푸하!!"

500cc 맥주잔을 그대로 시원스럽게 기울이며 거한 탄식을 토해내는 조 실장이 회식 분위기에 취해 연속적으로 입을 연다.

"역시 다 같이 모여서 마시는 술자리가 좋은 거 아니겠습니까!!"

"그러냐."

잔뜩 분위기에 취한 조 실장과는 다르게, 황 부장은 별다른 감회를 느끼지 못하는 모양인지 평소와 같은 사무적인 표정으로 그저 고개를 끄덕일 뿐이었다.

그의 그런 모습이 못마땅하게 느껴지는 모양인지 조 실장이 살짝 목소리를 높인다.

"부장님, 회식 자리에선 어울리는 분위기로 좀 부탁드리면 안 되겠습니까? 그리 융통성이 없어서야… 그러면 부하 직원들이 싫어한다구요."

"조 실장님. 그렇게까지 말씀하실 필요는……."

그의 이야기를 잠자코 듣고 있던 서 주임이 조 실장을 만류하려 하지만, 황 부장이 오히려 그런 서 주임에게 괜찮다는 식으로 말을 들려준다.

"나도 알고 있는 내 문제점이기도 하니 괜찮아. 그리고 이런 사적인 술자리 아니고서야 서로 속내를 털어놓기도 힘드니까."

"그렇습니까."

"그런 면에서 난 민철의 방식을 상당히 높게 평가해. 어디 하나 틀에 박히지 않고 자신만의 방식을 참신하게 보여주니까."

갑자기 지목을 받게 된 민철이 맥주잔을 내려놓으며 빙그레 미소를 짓는다.

"황송할 따름입니다, 부장님."

"황송할 것까지야. 난 있는 그대로를 말했을 뿐이야."

황고수 입장에선 어떤 의미로 민철이 부럽기도 했다.

남들이 생각하지 못하는 기가 막힌 방법으로 문제를 해결한다.

이번 강오선 사건에서도 민철의 기지가 빛을 봤다 해도 과언이 아니다.

누가 일부러 조직폭력배에 사로잡혀 오히려 그들을 빼도 박도 못하는 증거로 내세울 생각을 하겠는가!

물론 그의 방법이 상당히 위험한 방식이라는 건 누구도 부정할 수 없을 것이다.

그러나 조직폭력배들을 무력으로 제압할 수단이 있다면, 민철과 같은 방법이 가장 베스트라 할 수 있을지도 모른다.

황고수란 남자가 비록 고지식하고 융통성이 없는 면모를 많이 보인다 하더라도 새겨들을 건 새겨듣고 자신에게 도움이 될 만한 말은 제대로 기억해 두는 사람이다.

편파적이고 주관적인 사람이 아닌, 어디까지나 자기 관리에 철저하게 객관적인 시선을 유지하는 사람.

그게 바로 황고수 부장이다.

이런 면모 때문에 업무적인 면에서는 빈틈도 없고 잔실수도 거의 찾아보기 힘들다.

청진그룹에서 오랫동안 살아남으며 부장이라는 자리에 오른 이유도 바로 황고수 부장의 이런 성격과 성품이 만들어낸 결과가 아닐까 싶다.

그러나 세상은 오로지 황 부장과 같은 철두철미함만이 정답으로 인정되는 건 아니다.

때로는 융통성 있게.

주어진 상황에 닥치게 되면 남들이 생각하지 못한 기교와 꼼수가 때때론 기막힌 성공을 불러올 수가 있다.

황고수 부장이 100%의 답을 추구한다면.

이민철은 거기에 대해서 200% 현답을 추구한다.

한편, 황 부장에게 여러모로 칭찬 세례를 받기 시작하는 민철을 보며 그의 곁에 앉아 있던 태희가 속으로 미소를 짓는다.

그가 신입 시절일 때부터 함께해 온 태희였기에 더더욱 민철의 성장을 기뻐하는 것일지도 모른다.

남자는 역시 능력 아니겠는가.

능력 있는 남자에게 반하는 건 여자로서 지극히 당연한 반응이다.

물론 민철에게 한 가지 아쉬운 점을 꼽는다면…….

결혼할 여자가 이미 곁에 있다는 것일까.

"자자! 앞으로 부장님도 민철의 융통성 있는 모습을 배워 가면 되지 않습니까! 그런 의미로 건배합시다, 건배!"

"왜 거기서 건배 제안이 들어오는지 모르겠지만… 나쁘진 않겠지."

"건배!!"

조 실장의 선창에 따라 사원들이 각자 앞에 놓여 있는 잔을 마주 든다.

그와 동시에 짠! 소리를 내며 서로가 들고 있는 유리잔을 부딪친다.

그렇게 점점 총괄기획부 회식 자리가 무르익어 가기 시작한다.

*   *   *

모두가 퇴근한 늦은 시간.

청진그룹의 건물 내부에 불이 켜져 있는 몇몇 사무실 중 하나를 차지하고 있던 장진석 전무가 컴퓨터를 두드리며 모니터를 응시한다.

"어디 보자……."

그가 보고 있는 문서 내용은 다름이 아닌 바로 강오선 사건을 해결하는 데에 중추적인 역할을 선보였던 대책위원회 멤버 명단이었다.

서진구를 필두로 황고수, 이민철, 남성진 등등.

청진그룹 내부에서 나름 실력을 인정받고 있는 우수한 인재들이 모여 만든 일종의 드림팀이라 할 수 있을 것이다.

그중에서도 이번 사건을 해결하는 데에 지대한 공을 세운 인물은 바로 이민철과 남성진, 두 명의 젊은 인재다.

"이 두 사람은… 안 되겠어. 이미 한경배 회장으로부터 너무나도 많은 신뢰를 얻게 되었어."

도대체 무엇이 안 된다는 것일까.

혼잣말을 중얼거리면서 곰곰이 생각에 잠긴다.

"마음 같아선… 이민철, 이 녀석을 내치고 싶지만, 그렇게 된다면 남성진이 어떻게 될지 모르니까. 아니, 오히려 부회장님의 아드님에게까지 피해가 갈지도 몰라."

민철이 예상했던 그대로였다.

공로를 혼자 독차지하는 것보다, 어떤 의미로 민철과 적대적인 세력에 소속되어 있는 남성진이 같은 공로를 일정하게 나눠 받게 된다면 분명 남우진의 세력 중에서 민철이 세운 공로에 대해 태클을 걸어올 사람은 없을 것이다.

남성진과 연관되어 있으면 민철도 절로 보이지 않는 울타리에 의해 외부에 있는 늑대들로부터 보호를 받을 수 있을 것이다.

그의 예상이 제대로 적중한다.

실제로 장진석 전무의 화살을 피하게 된 셈이니 말이다.

물론 무슨 공격을 할지에 대해선 민철도 아마 모를 것이다.

"다음 인물로는… 아니, 이 녀석들은 너무 급이 낮아."

서진구를 제외하고는 전부 사원급밖에 되지 않는다.

그렇다고 서진구를 겨냥할 수는 없다.

그는 지금 한경배 회장을 대신해 다시 한 번 회장 대리직을 차지하게 되었다.

즉, 찌르기에는 너무 강대한 갑옷을 걸치고 있다 해도 과언이 아니다.

"이렇게 되면… 어쩔 수 없군."

장 전무의 시선이 어느 한 명의 인물에게 고정된다.

"자네에게 딱히 큰 원한은 없지만… 우리를 위해 희생 좀 해줘야겠어."

그의 시선이 향하는 끝에는.

황고수 부장의 개인 정보가 드러나 있었다.

*   *   *

토요일임에도 불구하고 민철은 출근길을 서두를 수밖에 없었다.

다만, 평소와 다른 점이 있다면 출근하는 장소가 평소와 같은 청진그룹이 아닌 머메이드라는 점일 것이다.

"여기도 이제는 청진그룹 못지않게 익숙하군."

매번 체린을 데려다주던 장소 중 하나인지라 이제는 민철에게는 마치 또 다른 직장처럼 익숙한 곳이기도 하다.

청진그룹에 비해서는 그리 규모가 큰 빌딩은 아니지만, 그
래도 전반적으로 신축 건물인지라 깔끔하다는 이미지가 여타
주변에 위치한 다른 건물에 비해 강하게 느껴진다.

건물 안으로 들어서자, 제법 나이가 느껴지는 남성 경비원
또한 민철을 알아보더니 가볍게 고개를 숙인다.

"어이쿠, 도련님 오셨습니까."

경비원의 농담 섞인 호칭에 제법 당황할 법도 하지만, 워낙
많이 들은 농담인지라 이제는 익숙해진 모양인지 가볍게 고
개를 살짝 숙이며 인사하는 민철이었다.

"예, 저 왔습니다."

"이번에는 무슨 일로 왔나? 또 부사장님 배웅으로?"

"뭐… 배웅이라기보다는… 오늘은 좀 중요한 일이 있어서
요."

"중요한 일? 이 회사에?"

"네."

"무슨 일인데?"

"이런저런 일이 있어요."

"흠… 그래?"

로비에서 근무하는 경비원이라 그런지 오늘, 토요일 아침
부터 벌어지고 있는 상황에 대해서는 전부 파악한 지 오래다.

머메이드의 간부들이 오전부터 회의가 있다고 하나둘 속 속들이 회사로 출근하고 있는 중이다.

그런데 민철이 머메이드 본사에 왔다?

"뭔가가 있구만!"

경비원의 입꼬리가 슬쩍 올라간다.

"하하하, 나중에 시간 나면 자세히 알려 드릴게요."

"그래그래, 기대하마!"

경비원이 민철의 등을 가볍게 몇 번 토닥여 준다.

엘리베이터를 타고 최상층으로 향하는 민철.

같은 엘리베이터에 탑승한 몇몇 남자가 민철을 힐끗 바라보기 시작한다.

하나같이 나이가 제법 있어 보이는 것으로 추정하자면, 적어도 사원 직급은 아니라 예상된다.

그런데.

'젊은 사람이……'

'최상층에 올라간다고?'

현재 머메이드 본사에 모습을 드러내고 있는 사람들이라고 해봤자 로비에 근무하고 있는 경비원, 주말 출근을 하게 된 사원 몇몇, 그리고 오늘 있을 머메이드 간부 회의에 참가하게 될 간부진이 전부다.

간부들의 입장에서 보자면 민철은 그저 주말 출근길에 오르게 된 평범한 회사원이라는 생각밖에 들지 않았다.

하지만.

다른 간부진들과 마찬가지로 민철 또한 최상층 버튼 말고 아무런 층수 버튼을 누르지 않은 채 이들과 같이 엘리베이터에 탑승하고 있었다.

'도대체 뭐 하는 녀석이지?'

간부라고 하기엔 너무 젊다.

정체가 의심되지만, 누구 하나 섣불리 물어볼 생각을 하지 않는다.

머메이드 내부에서 민철의 존재를 아는 사람은 그의 연인이기도 한 체린, 그리고 체린의 아버지인 이승부를 비롯해 학교 후배이기도 한 혜진밖에 없다.

지금까지 머메이드 회사 경영에 대해서 직접적으로 관여를 한 적이 없기 때문에 다른 간부급 인원들은 이 남자가 이민철인지에 알 방법이 없었다.

게다가 회사 내부적으로 체린의 결혼 사실을 아직 공표하지 않았기에 이민철의 존재 자체를 모르는 사람들이 거의 대부분이라 할 수 있다.

띵!

결국 민철과 함께 최상층에 도달한 간부들.

이들과 같이 엘리베이터에서 내리자, 결국 궁금증을 참지 못한 간부 중 한 명이 대뜸 민철에게 질문을 던지기 시작한다.

"혹시 무슨 용무로 최상층까지 올라왔는지 물어봐도 되겠습니까?"

제법 나이가 있는 간부진들 중에서도 그나마 젊은 축에 속해 보이는 남자가 선뜻 민철에게 말을 걸어온 것이다.

"간부 회의에 참석하러 왔습니다."

"네……?"

무의식적으로 되묻는 그를 향해 민철이 다시 한 번 확답을 들려준다.

"오늘 있을 간부 회의에 참석하러 왔습니다만."

"아… 그렇습니까."

슬쩍 고개를 돌리며 다른 간부진들에게 시선을 돌리는 중년 남성.

그러나 뒤에 위치해 있던 남자들도 고개를 좌우로 절레절레 흔들며 그를 본 적이 없다는 듯한 제스처를 취하기 시작한다.

그도 그럴 것이.

민철과 같은 젊은 간부라고 해봤자 이들이 알고 있는 인물은 단 한 명밖에 없다.

바로 이체린.

머메이드 대표의 딸이기도 한 그녀 말고는 이렇게나 젊은 사람이 간부직을 맡고 있다는 말은 듣도 보도 못했다.

그런데 체린 말고도 이렇게나 젊은 사람이 간부직을 맡고 있다?

민철의 존재조차 알지 못하는 몇몇 간부들이 그를 의심하며 슬쩍 시비를 걸어온다.

"여긴 자네같이 생각 없는 사람이 오는 곳이 아니네. 어디서 왔는지 모르겠지만, 당장 나가줬으면 좋겠군."

"경비원은 도대체 뭘 하고 있는 거람… 이런 것 하나 체크 못 하나!"

"제가 당장 전화해 보겠습니다."

민철의 출연에 다들 서로 옥신각신하기 시작하는 모습을 보인다.

당황할 법도 하지만, 민철은 그저 속으로 미소를 지으며 이들의 반응에 차분히 대응하기로 한다.

* * *

잠자코 이들의 반응을 실시간으로 지켜보던 민철이 대뜸 간부진의 귓가를 자극하는 이름을 언급한다.

"체린이 있다면 직접 설명을 해줬겠지만… 공교롭게도 아직 안 온 모양인가 보군요."

"대표님의 따님과 아는 사이인가?"

"사적으로 말이죠."

"……."

민철의 말이 결코 틀리진 않은 것이, 머메이드 입장에서 보자면 그는 그저 체린의 약혼자에 불과하다.

따로 직급을 부여받은 적이 없으니 말이다.

"자네, 지금 우리랑 장난하자는 건가?"

"그럴 생각은 없습니다만."

"그럼 지금 당장 나가게!"

강경하게 나오기 시작하는 이들의 모습 때문일까.

본래 체린의 아버지인 이승부가 공식적으로 간부 회의 때 민철과 체린의 결혼 사실을 직접 발표하려 했지만, 이렇게 간부진들이 강경하게 나온다면 어쩔 수 없이 민철이 스스로 먼저 밝히는 것도 방법 중 하나다.

굳이 있는 핑계, 없는 핑계를 대면서 타인에게 미운 털이 박히는 것보다 그냥 속 시원하게 미리 말을 해두는 편이 좋기 때문이다.

나중에 승부한테서 무슨 쓴소리를 들을지 모르겠지만 말이다.

민철이 입을 열려는 순간.

"자자, 진정들 하세요."

간부진 무리에서 어느 한 명의 남자가 민철의 앞에 등장하며 간부들을 진정시키기 시작한다.

"보아하니 제법 똘똘하게 생긴 청년인데… 아무런 생각 없이 여기까지 왔으리라고는 보이지 않습니다. 게다가 부사장님과 아는 사이라고 했으니, 필히 무슨 이유가 있겠지요."

"그치만……."

"우선 회의실로 가서 자리에 앉아 대표님과 부사장님을 기다리는 게 최우선입니다. 여기서 이유도 없이 모여 있는 것보다 회의 준비를 서두르는 게 더 보기 좋지 않습니까?"

"……."

"제 말에 공감하신다면 부디 행동으로 임해주시면 감사하겠습니다."

남자의 말이 끝나자 간부들이 헛기침을 하며 슬슬 눈치를 본다.

그러더니 이내 결국은 한 명씩 회의실로 들어가게 된다.

모든 간부들이 회의실 안으로 들어서는 걸 확인한 남자가 만족스러운 미소를 지으며 민철을 바라본다.

"청년도 같이 들어가지요. 회의 때문에 여기까지 온 거 아닙니까?"

"감사합니다. 저기……."

"최현수라고 합니다. 그쪽은?"

"이민철입니다."

"그렇군요. 잘 부탁드립니다."

대뜸 먼저 악수를 건네오자 민철도 망설임 없이 그의 손을 마주 잡아준다.

이 남자는 다른 사람들과 달리 뭔가 다른 생각을 할 줄 아는 그런 인물로 보인다.

'머메이드에도 이런 인재가 있을 줄이야.'

기본적인 상식만을 놓고 봐도 민철을 외부인 취급하며 내쫓는 게 어찌 보면 당연하다.

간부들 중에서 체린이 민철과 교재하고 있음을 알고 있는 인물 자체가 없다시피 하는데, 누가 민철을 체린의 약혼자라고 생각하겠는가.

그런데 최현수란 남자는 오히려 민철이 보통내기가 아님을 짐작하고 얌전히 상황을 정리시켰다.

머리가 아닌 본능적으로 그걸 느낀 것이다.

'최현수…….'

잘 기억해 두자는 결심을 품으며 민철 또한 회의실 내부를 향해 발길을 돌린다.

*　　　*　　　*

휴일임에도 불구하고 청진그룹 내부에서도 한창 무언가를 열심히 작업하는 인물들이 존재하고 있었다.

그중에 한 명이기도 한 장진석 전무가 눈앞에 서 있는 중년 남성을 향해 다시금 되묻는다.

"이것으로 확실하겠지?"

"예, CCTV 화면 자료라든지 시간 조작, 알리바이 등 모든 게 완벽합니다."

"그렇군."

남자에게 건네받은 서류 다발을 내려다본 장 전무가 쓴웃음을 내비친다.

"황고수… 이 친구도 참으로 운이 없군. 어찌 이렇게 타이밍이 딱 맞아떨어지는 행동들을 한 것일까."

"그러게 말입니다."

장 전무의 말을 받아주며 고개를 끄덕이는 남자.

그를 향해 장진석이 시선을 고정시키며 착 가라앉은 목소리로 다시 한 번 그에게 강조하듯 말한다.

"이 사실은 결코 아무에게도 이야기해선 안 되네. 만약 누군가가 오늘 있었던 일을 알게 된다면… 내 목이 날아갈 때 어떻게 해서든 자네도 데려갈 게야."

"아, 알겠습니다. 무슨 일이 있어도 반드시… 꼭 무덤까지

가지고 가겠습니다!"

침을 꿀꺽 삼키며 장 전무에게 확답을 들려준다.

오래 이 회사에 머물고 싶다면, 장 전무의 말을 따르는 수밖에 없다.

"이미 자네와 난 한배를 탔다는 사실을 잘 기억해 두도록."

"예!!"

이것은 약속임과 동시에…….

모종의 협박이었다.

*   *   *

"…이상으로 전반적인 초기 시장 반응에 대한 브리핑을 마치도록 하겠습니다."

영업부 소속 인원들이 프레젠테이션을 마치는 듯한 멘트를 들려준다.

머메이드 본사 건물에 모이게 된 간부급 인원들이 체린과 더불어 그녀의 아버지와 함께 브리핑에 대한 내용을 다시금 머릿속으로 떠올리기 시작한다.

평소와 다름이 없는 회의 진행이지만, 두 가지 이질적인 면이 존재하고 있었다.

우선 회의가 평일이 아닌 토요일에 진행된다는 점.

이 점에 대해서는 스케줄 조정 관련으로 인해 발생한 결과였기에 크게 상관이 없을 것이다.

그러나 정작 회의에 참가한 모든 간부가 신경을 쓰고 있는 것은 바로 두 번째 요소다.

"자네는 어떻게 들었나?"

체린의 아버지이기도 한 남자, 이승부가 대뜸 한 남자에게 질문을 던진다.

질문을 받게 된 젊은 남성이 슬며시 부드러워 보이는 미소와 함께 말을 이어간다.

"초반 성장세는 나쁘지 않군요."

"그런가?"

"네, 그리고 무엇보다도 요식업계에 뛰어들며 맨땅에 헤딩하듯 사업을 진행하는 것도 아니니까요. 머메이드라는 유명 카페 브랜드를 가지고 있는 상태에서 그 브랜드 이미지를 얼마나 요식업계에 잘 조화시켜 사업 전반에 진출해 자리를 잡느냐에 따라 이번 사업의 성공도가 달라질 거 같습니다."

"음… 그렇군."

처음 가지게 된 간부 회의임에도 불구하고 젊은 남자… 아니, 체린의 약혼자인 이민철이 마치 물 흐르듯 자연스럽게 말을 이끌어낸다.

처음 머메이드의 간부진들은 민철이 누구인지 몰랐다.

물론 지금도 마찬가지다.

승부가 체린과 함께 대회의실에 입장한 순간부터 간부들은 내심 그가 조금이라도 빨리 이들의 궁금증을 풀어주기를 바라고 있었다.

이민철.

이 남자는 도대체 누구란 말인가.

그러나 회의는 민철에 대한 사전 소개 없이 곧장 진행되었고, 여기까지 오게 되었다.

처음에는 그저 승부와 체린, 두 사람의 친인척이 아닐까 생각했지만…….

방금 들려준 그의 발언을 통해 평범한 일반인의 시각을 갖추고 있진 않다는 사실을 알 수 있었다.

요식업계 진출에 대한 생각을 담은 발언 이후에 더더욱 궁금해진 그의 정체에 간부들의 표정에는 공통적으로 의아함이 새겨진다.

"잠시 자네들에게 사적인 이야기를 해야겠군. 아니지… 사적이라고 할 수도 없는 이야기가 될지도 모르겠어."

혼잣말을 중얼거리던 승부가 자리에서 일어서며 대뜸 간부들의 시선을 모은다.

뒤이어 간부들이 까무러칠 만한 발언을 들려준다.

"저기에 앉아 있는 이민철, 저 젊은이가 우리 딸과 조만간 결혼식을 치르게 되었네."

"부, 부사장님이……."

"결혼이라구요?!"

여기저기서 제법 작지 않은 탄식이 쏟아져 나온다.

그도 그럴 것이, 체린이 결혼을 전제로 누군가 사귀고 있다는 사실을 부녀가 철저하게 숨겨왔기 때문이다.

"식 날짜는 아직 잡히지 않았지만, 이미 양가에서 서로 합의를 본 상황이네. 아마 요식업계 사업이 점차 안정화되기 시작하면 그때 결혼식을 올릴까 생각하네만."

승부가 말을 끊고서 체린을 응시한다.

그러자 체린이 살짝 고개를 끄덕여 준다.

"저희도 그렇게 생각하고 있어요."

"그렇군."

당사자인 체린도 부정하지 않는다.

애초에 이승부, 이체린. 이 부녀는 시답지 않은 농담 따먹기를 즐기는 그런 부류의 사람들도 아니다.

더욱이 공적인 자리에서 몰래카메라를 할 이유도 없을뿐더러, 해봤자 아무런 득이 되지 않는다.

모든 간부가 모여 있는 이 자리에서 정식으로 체린과 민철의 결혼 발표를 한다는 건 적어도 머메이드라는 회사에 있어서 커다란 파급력을 지니는 행동이라 할 수 있다.

모두가 넋을 놓고 있는 사이에.

"축하드립니다, 부사장님."

오로지 단 한 명.

회의가 시작하기 전에 유일하게 민철을 한 명의 간부 회의 참가자로 대우해 준 최현수만이 가볍게 박수를 쳐 주며 축하 메시지를 들려준다.

동시에 다른 간부들에게도 박수를 유도하듯 말을 이어간다.

"이렇게 경사스러운 깜짝 소식을 준비하실 줄이야. 안 그렇습니까, 여러분?"

"그, 그렇군요."

"축하드립니다, 부사장님!"

짝짝짝!!

최현수의 의도대로 다른 간부들 역시 반사적으로 박수갈채를 보내기 시작한다.

대뜸 회의실이 온통 체린과 민철의 결혼 발표를 축하하는 분위기가 될 무렵, 승부가 간부들을 헛기침을 하며 모든 이들의 시선을 모은다.

"그렇다고 행여나 이민철 군에게 위해를 가하거나 하는 그런 행동은 하지 않았으면 하네."

"그럴 리가 있겠습니까, 대표님."

"하하하, 절대 그렇지 않습니다."

"저희를 뭘로 보시고……."

여기저기서 승부의 말을 가벼운 농담으로 여기며 웃음을 자아낸다.

물론 농담으로 들릴지도 모른다.

하지만.

더러 존재한다.

권력욕에 사로잡힌 욕망에 충실한 노예가.

"좋은 소식도 있고 하니, 회의가 끝나면 다 같이 회식이라도 하지 않겠습니까?"

간부 한 명의 제안에 모두가 찬성하듯 고개를 끄덕인다.

부사장의 남편이 될 민철이 직접 여기까지 왔는데, 그대로 보낼 수 없지 않겠는가.

머메이드는 청진그룹과 다르게 승부와 체린, 두 사람의 영향력이 상당히 강한 회사이기도 하다.

이럴 때일수록 민철에게 미리 잘 보여두면 나쁘지 않을 것이다.

간부들의 머릿속에는 벌써부터 어떻게 하면 민철한테서 좋은 사람이라는 인식을 얻을 수 있을까 하는 생각만이 가득

찰 뿐이었다.

*   *   *

월요일 오전.

아침부터 숙취에 시달렸어야 정상인 스케줄을 주말 내내 소화해야 했던 민철이었으나, 평소 그가 자주 연마했던 알코올 중화 마법을 통해서 멀쩡한 몰골로 출근길에 오르는 것이 가능해졌다.

"이 세계에 오고 나서 부리는 마법이란 대부분 숙취 해소 마법밖에 없군."

뭔가 씁쓸한 기분을 느끼면서도 동시에 어쩔 수 없다는 판단을 하며 사무실에 들어선다.

"안녕하세요."

문을 열고 등장하는 민철.

그러나 갑자기 조 실장이 기겁을 하며 민철을 향해 다가온다.

"미, 민철아!! 크, 큰일이다, 큰일 났다고!"

"무슨 일이라도 났습니까? 그보다 일찍 출근하셨군요."

평소에는 아슬아슬하게 출근 시간을 지키던 조 실장이 오늘은 민철보다 일찍 오다니.

아침 인사를 대신해 놀라운 반응을 보이는 민철이었지만, 조 실장의 상태가 심상치 않다.

"지금 내 출근이 문제가 아니다! 부장님이······!"

"부장님한테 무슨 일이라도 생겼습니까?"

아침부터 이리 호들갑을 떨 정도라니.

보통 일이 아님을 짐작한 민철의 질문에 조 실장이 연신 고개를 끄덕인다.

"미치도록 큰일이지!!"

"자세히 말씀해 주세요."

"그게 말이다······."

가파진 호흡을 애써 진정시킨다.

그러면서 천천히 결론부터 말해주기 시작하는데······.

"부, 부장님이··· 강오선과 내통했다는 혐의를 받게 되었다고 하더라!!"

제4장

음모 II

"황고수 부장님이… 내통자로 지목당했다는 말입니까?!"

"그, 그래!! 이걸 어떻게 한다냐……."

처음 듣는 조 실장의 정보였다.

"누구한테 들은 겁니까?"

"누구긴… 내가 알고 있는 사내 사람들 대부분한테서 들은 거지!"

조 실장만큼 사내에서 인맥망이 넓은 사람도 없다.

한 명에게 그 정보를 접했다면 괜한 뜬소문이 아닐까 하고 의심이라도 할 수 있지만, 조 실장의 인맥망이라면 그 의심도 무색해질 수밖에 없다.

한 명이 아닌 많은 사람들에게 그 정보를 한꺼번에 입수했을 것이 분명하기 때문이다.

다수가 알고 있다면 거짓도 때로는 진실이 되는 법이다.

"부장님은 그 사실을 알고 계십니까?"

"아, 아마도 알고 있을 거다……."

"그렇군요."

천천히 고개를 끄덕이는 민철.

조 실장도 아마 당황한 모양인지 어떻게 해야 좋냐는 식으로 민철을 닦달하기 시작한다.

그러나 제아무리 능력을 인정받는 민철이라 하더라도 마땅한 대안은 나오지 않는다.

"일단 상황을 한번 지켜보도록 하죠. 우선 부장님이 오셔야 이야기가 진행될 듯합니다."

"그… 렇겠지."

조 실장이 말을 살짝 늘이며 대답한다.

뭔가 민철에게 하고 싶은 말이 있다는 듯한 표정을 보여주는 조 실장이었다.

얼굴에서 모든 감정이 느껴질 만큼 티가 확 났기에 민철도 손쉽게 눈치를 챌 수 있었다.

그러나 조 실장은 차마 지금 당장은 말하지 못하겠다는 표정으로 발걸음을 옮긴다.

한편.

'역시… 이런 일이 벌어지게 되는군.'

민철은 그저 조 실장 몰래 작은 한숨을 내쉴 뿐이었다.

황고수가 내통자로 찍히게 되었다.

사실 민철은 어렴풋이 이렇게 될지도 모른다는 사실을 눈치채고 있었다.

강오선 사건을 일으킨 내통자는 거의 100퍼센트 확률로 남우진을 두둔하는 세력에 소속되어 있는 인물이리라 생각된다.

이것에 대해서는 딱히 이견이 없다.

그러나 중요한 건 남우진은 내통자가 아니란 사실이다.

남우진의 성격을 생각해 본다면, 그가 외부 세력의 도움을 받으며 회장 세력을 와해시키려는 책략을 세웠을 거라곤 생각이 되지 않는다.

그리고 무엇보다도 강오선과 내통을 했다면, 자신의 아들인 남성진을 위험에 빠뜨리는 일은 없었을 것이다.

그것을 확인하고자 민철은 일부러 조직폭력배에게 감금될 당시 남성진을 대동했다.

남성진이 남우진의 친아들이라는 사실을 알고 있었다면, 거친 방식으로 이들을 강제로 감금시키지 않았을 터이다.

단순히 조직폭력배들에게 사로잡힌 것이 그들을 역으로 잡아들이기 위함만이 아니었던 것이다.

남성진을 통해 일종의 확인 작업을 거친 셈이다.

민철은 이미 한 수로 두 수 이상의 효과를 보고 있었다.

'남성진과 남우진… 두 사람은 분명 아니야. 그렇다면 남우진 세력에 소속되어 있는 측근 중 한 명이 '독단적으로' 일을 벌였을 가능성이 커.'

그쪽에서도 대책위원회를 이끈 서진구는 타깃으로 지정할 수 없다.

왜냐하면 그는 공적인 자리를 넘어 사적인 자리에서도 한경배 회장과 형, 동생이라 부를 정도로 친한 관계이기 때문이다.

서진구가 강오선과 내통했다는 건 말이 안 된다.

그렇다면 서진구 다음으로 책임자를 만들어낼 만큼의 지위를 가진 자를 물색해야 한다.

만약 민철에게 그 지명 권한이 쥐어진다면…….

'황고수 부장을 지명하겠지.'

게다가 황고수는 회장 세력을 상징하는 부서이기도 한 총괄기획부의 사령탑을 맡고 있다.

이번 기회에 황고수에게 모든 누명을 씌우게 된다면, 회장 세력을 약화시킴과 동시에 강오선과 내통한 당사자는 이 사건의 책임을 회피할 수 있을 것이다.

여러모로 최선의 결과만이 나오게 되는 셈이다.

하지만.

이 모든 것을 민철은 충분히 다 예상하고 있었다.

그렇기에 사실 마음만 먹으면 황고수 부장의 누명도 충분히 벗겨줄 수 있다 해도 과언이 아니다.

그러나.

'여기서는 어쩔 수 없군.'

민철은 청진그룹을 차지해야 하는 중책을 지니고 있다.

그 과정에서 필요한 것.

그것을 이행하기 위해서 민철은 착한 남자라는 타이틀이라는 것을 잠시 벗어둬야 할 필요가 있었다.

'오랜만에 이민철이 아닌… 레이폰 더 데스사이드로 활동해야 할 때가 왔군.'

레디너스 대륙을 평정했던 남자.

어떨 때에는 사기꾼이라 매도받고, 어떨 때에는 세 치의 혀로 수많은 생명을 구한 영웅으로 취급받던 바로 그 남자가 바로 레이폰 더 데스사이드 아니겠는가.

'미안합니다, 황고수 부장.'

앞으로 벌어질 상황은…….

아마 지금까지 이민철이 보여준 것과는 스타일이 조금 다르리라.

＊　　　＊　　　＊

"황고수 부장이라……."

사내에 퍼지게 된 소문은 남우진 또한 익히 들어 잘 알게 되었다.

부사장의 귀에까지 들어올 정도니, 이미 거의 모든 사원이 알게 되었다 해도 부족함이 없을 것이다.

"꼭 그렇게 해야 했나?"

눈앞에 있는 장진석 전무를 향해 재차 묻는다.

이른 아침부터 장 전무를 소환한 건 다름이 아니다.

바로 그에게 정말로 이렇게까지 해야 하는지에 대한 질문을 던지고 싶어서였다.

"이렇게라도 하지 않는다면, 사원들은 끊임없이 부사장님을 의심하실 겁니다. 부사장님의 이미지 관리, 그리고 지지율 또한 생각해 두는 게 좋습니다. 주주들에게도 부사장님에 대한 안 좋은 이미지가 귀에 들어가게 된다면… 훗날 한경배 회장의 뒤를 이어 청진그룹을 차지하겠다는 부사장님의 야망에도 분명 악영향을 미치게 될 겁니다."

"……"

그의 말이 옳다.

아직까지 내통자가 누구인지 정확하게 밝혀지진 않았지만, 상식적으로 생각해도 남우진이 내통자 후보 1순위라는 건 누구라도 추측할 수 있는 가설이다.

남우진이 아무리 본인이 아니라 주장을 해도 확실한 증거가 없는 이상, 심증은 계속된다.

그렇기 때문에 남우진은 본인이 직접 나서서 난 내통자가 아니라는 사실을 밝히길 거부한 것이다.

괜히 호들갑을 떨면 오히려 없던 오해도 생기게 마련이니까.

"누군가는 책임을 져야 합니다. 그렇다고 부사장님께서 직접 없는 죄를 만들면서까지 책임을 져야 할 이유는 없지 않습니까? 이번 기회에 총괄기획부 부서의 영향력도 약화시킬 겸 일석이조라고 생각합니다."

"음⋯⋯."

"정에 얽매이는 건 부사장님답지 않습니다."

"정이라⋯ 그런 건 없네만."

딱히 남우진이 황고수와 접점이 있다든가 그런 것은 아니다.

오히려 서로 안면도 없는 사이라 하는 편이 더 어울릴지도 모른다.

그러나 남우진은 황고수의 능력을 상당히 높게 사고 있다.

업무적인 면이라든지 실무, 기타 일처리 능력 등은 분명 청진그룹이 필요로 하는 우수한 인재상임에는 틀림이 없다.

그런 아까운 인재를 이번 기회에 잃게 된다는 게 남우진의 입장에서 영 꺼림칙했다.

하나 장진석의 말에도 일리가 있다.

"위기는 피해 가는 게 좋겠지……."

옅은 한숨과 함께 더 이상 장진석의 행동에 토를 달지 않겠다는 식으로 말을 이어간다.

"자네가 알아서 잘 처리하게."

"예, 알겠습니다."

고개를 숙인 뒤 바깥으로 나서려는 장진석.

그 순간, 남우진의 말이 그의 발목을 잡는다.

"그리고 한 가지 더."

"예, 말씀하시기 바랍니다."

"이번 사건의 내통자가 누구인지 확실하게 조사하도록. 분명 우리 쪽에서 내통자가 있을 확률이 커… 아니, 거의 100%라 해도 과언이 아니네."

"알겠습니다."

남우진 또한 민철과 마찬가지로 자신의 세력에 포함되어 있는 인물이 독단적으로 저지른 일이란 사실을 이미 꿰차고 있었다.

만약 강오선 사건이 성공으로 돌아갔다면 자신의 정체를 적극적으로 남우진에게 어필했을지도 모르지만, 사건은 실패로 돌아가게 되었다.

그 덕분에 남우진은 예상치 못한 이미지 타격을 입고 말았다.

여기서 '제가 강오선과 내통해 한경배 회장과 한예지를 저격하는 셈 치고 이번 일을 꾸미게 되었습니다' 라고 해봤자 좋은 말을 들을 순 없을 게 분명하다.

그렇기 때문에 내통자는 지금도, 그리고 앞으로도 철저하게 자신의 정체를 숨기려고 할 것이다.

본인이 밝히지 않는 이상, 내통자를 찾아내기란 여간 쉬운 일이 아니다.

그래도 일단 찾아는 봐야 한다.

설령 황고수 부장에게 모든 죄를 뒤집어씌운다 하더라도 남우진은 별도로 이번 사건을 독단적으로 벌인 범인을 찾아내 문책을 가해야 한다.

그래야 앞으로도 이런 범실을 저지르지 않을 테니 말이다.

*　　　*　　　*

"어렵게 되었구나……."

총괄기획부 사무실.

예상치 못한 사건 때문에 부서 내부 인원들이 전부 모여 회의 시간을 가질 수밖에 없었다.

일시적으로 일하게 된 태희까지 포함해 총 5명의 총괄기획부 소속 사원들이 누군가를 기다린다.

끼릭!

사무실의 문을 열고 모습을 드러낸 인물, 서진구의 등장에 모두가 자리에서 일어선다.

"오셨습니까."

"…일단 앉지."

"예."

서진구의 말에 따라 인원들이 곧장 다시 자리에 앉는다.

앉자마자 그가 들려줄 말은 뻔했다.

"사내에 떠도는 이야기에 대해서… 어떻게 된 일인지 한번 들어보고 싶네만."

"……."

"단순한 소문에 불과한 건가? 아니면 정말로 자네가 강오선과 내통한 배신자인가."

"전 결단코 강오선과 내통하지 않았습니다."

황 부장이 진심을 담아 말한다.

그는 애초에 능수능란하게 거짓말을 하는 타입의 인간은

아니다.

오히려 우직하게.

그리고 직설적이고 올곧게 생활하는 모범생 스타일의 인간이라는 말이 더 어울릴 것이다.

그런 황고수에게 예상치 못한 혐의가 들러붙게 되었다.

"그런데 어째서 사내에 그런 뜬금없는 소문이 돌고 있는 거지?"

다시 한 번 서진구의 질문이 이어진다.

소문이라는 건 결국 그 원인이 있게 마련이다.

뭔가 계기가 될 만한 원인, 혹은 증거가 있기에 황고수라는 남자가 강오선과 내통한 배신자란 소문이 돌고 있는 것이다.

"제가 대신 말씀드려도 되겠습니까?"

발언권을 구하려는 듯이 양해를 구하는 민철의 말에 서진구가 미약하게 고개를 끄덕인다.

"말해보게."

"소문이 나게 된 근원지를 찾아 황고수 부장이 어째서 이야기 화두의 당사자가 되었는지에 대해 자료를 수집했습니다."

"…어디 한번 들어보지."

"예."

역시 이민철이라고 해야 될까.

조 실장처럼 그저 당황하는 모습만 보이는 게 아니라 냉정한 판단력을 앞세워 보다 빠르게 황고수를 위기로 몰아넣은 원인 요소를 찾아 직접 움직였다.

그 덕분에 제법 많은 자료들을 모을 수 있었다.

소문의 덩치가 더 커지면 커질수록 과장이 더해질 수밖에 없다.

그렇게 되면 소문의 근원지를 찾기가 더더욱 어려워진다.

소문이 더 많이 퍼지기 전에, 조기에 근원지를 찾아 발 빠르게 행동하여 얻어낸 결과물을 모두에게 공개하기 위해 입을 연다.

"CCTV 자료가 있었습니다."

"CCTV?"

"예, 복사본을 USB에 담아왔으니 우선 한번 보시죠."

"…그렇게 하지."

서진구가 고개를 끄덕이자마자 서 주임과 태희가 빠르게 회의실 내부에 있는 컴퓨터를 세팅하기 시작한다.

USB에 연결하자, 곧장 동영상 파일을 클릭하여 재생하기 시작하는 민철.

"소문이 나게끔 한 영상 구간만 따로 편집해서 만든 파일입니다."

그의 말이 끝나자마자 빠르게 재생되는 파일.

모두의 시선이 회의실 벽에 걸려 있는 거대한 모니터에 고정된다.

＊　　　＊　　　＊

　　재생되는 파일.

　　모두의 시선이 모니터로 고정된 상황에서 민철이 구해 온 동영상 파일이 천천히 플레이되기 시작한다.

　　동영상 내용은 지극히 간단했다.

　　아무도 없는 사무실 안에서 혼자 업무를 보고 있는 황고수 부장을 주로 담은 모습밖에 없었기 때문이다.

　　뭔가 전화를 받거나 하는 행동들도 보이지만, 딱히 수상한 점은 느껴지지 않는다.

　　그나마 수상한 점이라고 한다면.

　　부하 직원들의 책상에 올려져 있는 서류 자료들을 한 번씩 스윽 훑어보거나 하는 그런 행동을 일삼거나 그런 것밖에 없었다.

　　"저 행동은 무슨 의도에서 나온 건가?"

　　혹시나 하는 생각으로 질문을 던져 보는 서진구.

　　망설임 없이 곧장 황 부장이 답변을 들려준다.

　　"직원들이 행여나 놓친 중요한 사실이 있는지 없는지 확인하기 위해서 제가 검토 차원으로 봤던 것입니다."

"흐음, 그렇군."

있을 수 있는 일이다.

아니, 상관된 입장에 놓인 사람이라면 중요한 일인 만큼 부하 직원들의 일처리를 재차 확인해 보는 건 오히려 좋은 버릇이라 할 수 있을 것이다.

하지만 아무래도 이런 황고수 부장의 행동이 다른 사람들 입장에서는 몰래 정보를 염탐해 실시간으로 강오선 측에 넘겨줬다는 가설을 불러일으킨 모양인가 보다.

"별다른 수상한 행동은 없는 거 같은데요?"

거의 제3자의 입장이라 할 수 있는 오태희가 조심스럽게 자신의 의견을 표한다.

그녀는 이번 사건에 연관되지 않았기에 보다 객관적인 시선으로 CCTV 파일에 대한 생각을 가질 수 있었다.

그녀는 회사 내에서 직접 강오선 사건에 대한 여파를 느껴보지 못했다.

하지만 직접적으로… 혹은 간접적으로라도 강오선 사건에 대한 여파를 느꼈다면, 그리고 사내에 강오선과 내통한 스파이가 있다고 들었다 한다면, 조금이라도 수상한 행동을 보이는 사람의 행태를 수상하게 여기게 될지도 모른다.

이를 하야…….

"군중심리에 의한 의심병이구만."

서진구가 나지막이 한숨 섞인 말을 토해낸다.

사람은 기계가 아니다.

각자 주관적인 판단을 내릴 수 있는 두뇌, 혹은 감정이라는 게 있기 때문에 100% 객관적으로 하나의 사건을 바라볼 순 없다.

진실이라 하더라도 다수의 사람이 거짓이라 우기게 되면 그 사람 또한 자신이 다른 생각을 하고 있는가 하는 의심을 가질 수밖에 없다.

모두가, 혹은 절대적인 확신을 가진 특정 집단이 '이 영상은 황고수 부장의 스파이 행동을 촬영한 영상이다' 라고 단언하며 증거로 제출하게 된다면, 사람들은 결국 한 번쯤은 의심을 하게 된다.

그게 바로 사람이 불완전한 생명체이기 때문에 발생할 수 있는 현상이다.

"말도 안 되는 증거이긴 하지만……."

파일 재생을 멈춘 민철이 동시에 말을 내뱉는다.

"어쨌든 '증거' 라는 형태를 내밀었다는 점에 대해서는 뭐라 할 말이 없군요. 선빵필승이라는 말이 이럴 때 통용되는 거 같습니다."

"흐음… 그렇군."

사실 그렇게까지 확실한 증거가 되진 않지만, 동시에 짜 맞춘다고 하면 어느 정도는 말과 증거를 서로 짜 맞출 수 있을 법한 증거임에는 틀림이 없다.

혼자서 사무실에 남아 뒷정리를 하는 척하며 스파이 노릇을 했다.

그리고 이 영상을 보여준다.

말을 듣는 순간부터 편견이라는 것이 생긴 탓에 객관적인 판단을 내릴 수 없게 된다.

그것이 바로 사람이라는 것이다.

사소한 것에 쉽사리 영향을 받을 수 있는 불완전한 생명체.

하물며 추화연과 같은 고차원적 존재 사이에도 파벌이라는 게 존재하는데, 인간이라고 과연 별다를 게 있을까.

물론 편견 없이 바라볼 줄 아는 시선을 가진 사람들도 있을 것이다.

하지만 불행하게도 황고수는 그렇게까지 자신의 편이 많은 사람이 아니다.

회식 자리에서 조 실장이 지적했던 바로 그 점.

융통성이 너무 없다.

그리고 사람 관계에 대해서 너무 무신경하다.

그 단점이 이번 사건에 치명적으로 작용하게 된 것이다.

만약 민철과 같이 절대적으로 자신의 편을 들어줄 수 있는 인맥망을 형성해 왔다면, 이번 소문이 발생했을 때에도 보다 적극적으로 황고수를 변론하며 그를 두둔하는 여론이 자연스럽게 형성되었을 것이다.

"해결할 수 있는 방도를 찾아야겠군……."

마땅한 대안이 떠오르지 않는 상황에서 회의를 지속해 봤자 아무런 소용이 없다.

슬슬 회의를 마무리 지으려 하던 서진구.

그러나 그때, 갑자기 문득 중요한 질문이 떠오른 모양인지 민철을 향해 말을 건다.

"이 팀장."

"예."

"일찌감치 이번 소문의 근원지를 찾아서 저 파일을 입수했다고 하지 않았나?"

"맞습니다."

"그럼 저 소문을 퍼뜨린 사람이 누구지?"

생각해 보니 정작 가장 중요한 걸 묻지 않았었다.

누가 저 소문을 퍼뜨린 것일까.

물론 서진구도, 그리고 황고수를 포함해 이 자리에 있는 모든 이들이 최소한 회장 세력에 속한 인물이 저런 불투명한 소문을 냈다고는 생각하지 않는다.

하지만 정작 누구인지까지는 알 수 없다.

소문을 낸 특정인에 대해 묻는 질문에 민철이 굳은 표정으로 입을 연다.

"그것까진 알아내지 못했습니다. 죄송합니다."

"아니, 죄송할 것까진 없네. 파일을 입수해 회의 시간에 정리해서 발표해 준 것만으로도 큰 도움이 되었으니까."

서진구가 민철의 어깨를 가볍게 토닥여 준다.

"일단 회의는 마치도록 하지. 나도 최대한 간부들을 소집해서 소문을 낸 사람이 누군인지, 그리고 이 뜬금없는 소문을 잠재울 방법이 있는지 대책을 한번 생각해 보겠네. 자네들은 최대한 총괄기획부를 키워갈 생각부터 하게."

"예, 알겠습니다."

모든 이가 자리에서 일어서며 서진구를 배웅한다.

아무것도 정해진 것이 없는…….

그리고 아무런 소득도 없던 회의 시간이었다.

*   *   *

소문이라는 건 발 없는 천리마와도 같다.

마땅한 대항책이 없는 총괄기획부 측에서는 그저 이 소문이 하나의 에피소드로 치부되면서 얌전히 지나가기만을 바랄 수밖에 없었다.

하지만 사건은 총괄기획부가 예상했던 것보다 빠르게 진행되고 있었다.

"이번에… 황 부장님을 대상으로 청문회가 열린다고 들었습니다만."

옥상에서 담배 하나를 입에 문 대민이 스리슬쩍 묻는 식으로 말을 내뱉는다.

난간에 몸을 기댄 민철이 천천히 고개를 끄덕여 주는 것으로 대민의 질문에 대한 대답을 대신한다.

"어째서 이런 일이… 납득이 되지 않습니다. 황 부장님은 대책위원회 내부에서도 가장 열심히 일하신 분 아닌가요? 그런데 그런 분이 왜 내통자로 오인받으며 청문회까지 받아야 하는지 잘 모르겠습니다."

"청문회로 끝나면 참 좋겠습니다만……."

민철은 알고 있다.

이 소문이 가져올 결과는…….

결코 좋지 않은 방향으로 마무리될 것이란 사실을.

"에이, 설마 황 부장님이 퇴사당하거나 그러진 않겠죠? 어디까지나 소문에 불과하잖아요."

"물론 고작해야 '소문'이죠. 다만, '증거 있는 소문'은 꽤나 무서운 법입니다."

"증거라니… 그건 그냥 누가 봐도 황 부장님이 열심히 일하는 장면을 담은 CCTV 장면일 뿐이잖아요."

"물론 그렇습니다만… 대민 씨, 플라시보 효과(Placebo effect)라고 알고 있습니까?"

"얼추 알고는 있습니다만……."

"약효가 전혀 없는 거짓 약을 진짜 약처럼 속이고 환자에게 복용하게끔 했을 때, 환자의 병세가 실제로 호전되는 것을 가리켜 말하는 단어입니다. 라틴어로 '마음에 들도록 한다'라는 뜻을 지니고 있지요."

"그럼 이번 소문이……."

"네, 바로 소문 자체가 플라시보 효과에서 나타나는 '의사의 거짓말' 입니다. 그리고 증거가 바로 '거짓 약' 이 되지요."

"……."

"소문이 진실인지 거짓인지는 중요치 않습니다. 정작 중요한 것은 그 소문이 얼마나 오랫동안 이 사내에 머무르며 사람들을 현혹시키느냐입니다. 그 점에 대해선 상대방의 전략은 성공했다 봐도 무방하죠. 그 증거로 아무런 죄가 없는 황고수 부장을 청문회까지 데려가게끔 만들지 않았습니까."

"그러고 보니……."

답답한 모양인지 길게 담배 연기를 뿜어낸다.

타 분과 일이라고는 하지만, 그래도 황고수 부장은 분명 좋은 사람이다.

하지만.

세상일은 좋은 사람, 혹은 착한 사람에게 더더욱 잔혹한 법이다.

그게 바로 지금 이 사회다.

"난감할 따름입니다."

민철 또한 담배 연기를 내뿜는 대신 하늘을 올려다본다.

한동안 그렇게 서로 한탄만을 내쉬던 중, 무언가의 진동을 느낀 모양인지 주머니 속에서 스마트폰을 꺼낸 대민이 쓴웃음을 지어 보인다.

"구 부장님이 부르네요. 먼저 가봐야 할 거 같습니다."

"예, 알겠습니다."

"민철 씨도 힘내시기 바랍니다."

"고맙습니다."

그렇게 대민을 먼저 떠나보낸 뒤.

난간에 계속 몸을 기대고 있던 민철이 옥상 계단 근처로 시선을 던지며 목소리를 높인다.

"언제부터 보고 있었지?"

아무도 없던 공간에 갑자기 무언가 일렁이더니, 어느 한 아리따운 여성이 모습을 드러낸다.

민철도 잘 아는 사람.

아니, 잘 아는 존재.

바로 추화연이었다.

"김대민이라는 남자가 담배를 피우기 시작할 때부터요."

"…낮말은 새가 듣고 밤말은 쥐가 듣는다는 속담이 있던데. 넌 새라도 되는 모양인가 보군."

"어머나, 쥐보다는 그래도 새가 더 좋네요. 귀엽잖아요?"

"……."

비아냥거리는 말도 능수능란하게 잘 넘긴다.

또각또각 굽 소리를 내며 민철에게 다가온 추화연.

그녀가 민철에게 눈을 흘기며 작은 목소리로 속삭인다.

"잔인한 사람이네요, 당신."

"무슨 뜻이지?"

"저한테까지 비밀로 감추려 하지 않으셔도 돼요. 당신의 이번 작전… 얼추 눈치챈 거 같으니까요."

"난 네가 무슨 소리를 하는지 전혀 모르겠군."

"정말 나쁜 남자네요."

그녀 붉은색 립스틱으로 칠해진 입술을 살며시 움직이며 천천히 자신의 생각을 말하려던 찰나였다.

그러나 순간 무언가를 눈치챈 화연이 가벼운 한숨을 토해낸다.

"방해꾼이 왔군요."

"……."

"뭐, 아무쪼록 당신의 전략을 방해할 생각은 없어요. 다만, 여태 당신이 보여줬던 방식과 조금 달라서 놀랐을 뿐이죠."

"착각하고 있는 모양인가 본데."

민철보다 머리 하나 크기보다 작은 키를 지니고 있는 추화연을 바로 옆에서 내려다보며 또박또박, 그리고 천천히 강조하듯 말해준다.

"원래 난 이런 사람이다."

"그게 바로 레이폰 더 데스사이드라는 인물인가 보군요."

매혹적인 웃음을 선보인 채 서서히 자취를 감추기 시작하는 화연이었다.

"아무튼 또 하나 배웠군요."

"뭘 배웠는지 물어나 볼까."

"목표에 도달하기 위해서라면 때로는 잔혹해질 필요가 있다는 것을요."

"……"

그렇게 말을 마치자마자 곧장 추화연의 모습이 순식간에 자취를 감추듯 사라진다.

한편.

그녀의 모습이 사라지고 난 뒤.

"아, 여기 있었군요."

얼마 지나지 않아 총괄기획부의 새 얼굴이기도 한 태희가 옥상에 서 있던 민철을 발견한다.

"민철 씨, 곧 있으면 청문회 시작한대요."

"예, 알겠습니다. 곧 가도록 하죠."

"그런데 방금 전까지 누구랑 있었던 건가요? 대화 소리가 들렸던 거 같은데……."

여자의 감이라는 것일까.

화연의 흔적을 눈치채기라도 한 모양인지 민철에게 이런 질문을 던지는 태희였으나.

"대민 씨랑 같이 있었습니다. 이미 사무실로 내려갔지만요."

"그렇군요."

"자, 빨리 내려가도록 하죠. 사람들 기다리겠습니다."

"네."

민철은 이제부터 열릴 청문회에 참고인 자격으로 참가할 예정이다.

그렇기에 빠르게 청문회가 열릴 대회의실로 발걸음을 옮기기 시작했다.

*　　　*　　　*

청문회가 열리기 직전.

황고수 부장이 대회의실 근처에 있는 휴게실 의자에 앉아 생각에 잠긴다.

"......"

평생 그는 청진그룹을 위해 아무런 생각 없이 그저 묵묵하게 일해왔다.

하지만 그 결과는…….

모함이라는 안 좋은 형태로 나오게 되었다.

이대로 가면 황고수 부장은 정말 아무런 잘못을 저지르지 않았음에도 불구하고 청진그룹의 배신자라는 오명을 뒤집어 쓴 채 퇴사를 당하게 될지도 모른다.

"이것이 열심히 일해온 대가란 말인가…….."

어찌 보면 잔혹할지도 모른다.

성실하게, 그리고 누구보다도 투명하게 일해온 황고수 부장이 설마 이런 식으로 안 좋은 결말을 맞이하게 될 줄은 몰랐으니 말이다.

이미 회사 내부적으론 황고수 부장을 바라보는 시각이 사뭇 달라진 듯한 느낌이 여기저기서 풍겨져 나오고 있었다.

착한 사람인 줄 알았는데 알고 보니 가면을 쓰고 있었다는 등, 오히려 얌전한 사람이 더 난리를 피웠다는 등 이런 이야기가 들려오고 있었기 때문이다.

그런 이야기를 들을 때마다 황고수 부장의 마음은 찢어질

듯 아파왔다.

제아무리 일에만 미쳐 있다 하더라도 황고수 부장 또한 사람이다.

그는 그저 시키는 그대로 열심히 일해왔을 뿐이다.

그러나 이 결과는 좋지 않다.

하지만 어떻게 해서 혐의를 벗어날 수 있을까?

황고수 부장이 스파이가 아니라는 결정적인 증거 또한 마땅치가 않다.

만약 황 부장의 결백을 주장할 법한 증거가 있었다면, 애초에 청문회 따위는 열리지도 않았을 것이다.

"난감하군."

원래 그는 담배를 피우는 습관 같은 걸 들이지 않았다.

이번 기회에 담배를 배워보는 것도 나쁘지 않을 것 같다는 생각이 들 정도였다.

"청문회 끝나면 하나 사서 피워봐야겠군."

쓸쓸하게 웃으며 혼잣말을 중얼거리는 황고수.

하나 그때, 휴게실 안으로 들어온 또 다른 사람이 그런 황 부장의 행동을 제지하듯 경고한다.

"담배는 건강에 해롭습니다. 피우지 않는 것이 좋습니다."

"…자네 왔나."

황고수 부장 덕분에 졸지에 청문회에 참가하게 된 이민철이었다.

민철 또한 아무런 죄가 없다.

그러나 괜히 황고수 부장과 같은 부서에 소속되어 있다는 이유 하나만으로 민철 또한 어느 정도 이미지에 타격이 가해질 수도 있다는 우려가 존재한다.

그럼에도 불구하고 민철은 크게 신경 쓰지 않는다는 듯이 행동해 왔다.

황고수는 잘 모르지만, 민철은 이미 스스로가 잘 알고 있다.

그는 결코 부회장 세력의 타깃이 될 수 없다.

만약 타깃이 되는 순간, 공동 성과를 올린 남성진을 물고 늘어질 것이기 때문이었다.

남성진에게도 안 좋은 시선이 쏟아지는 건 부회장 세력 입장에서도 결코 좋지 않은 결과임을 잘 알기에 민철은 이렇게 당당하게 행동할 수 있었다.

"곧 있으면 청문회가 시작될 겁니다."

"…그렇군."

황고수 부장답지 않게 힘이 없는 목소리다.

늘상 업무를 진행할 때마다 보여주던 그의 카리스마는 지금 온데간데없이 사라졌다.

그저.

언제 권고사직을 당할지 모르는… 그저 힘없는 일개 사원에 불과했다.

바람 앞 촛불마냥 언제 꺼질지 모르는 신세다.

부회장 세력이 작정하고 황고수 부장의 목을 치기 위해 칼을 빼어 든 이상, 황고수의 입장에서는 달리 손을 쓸 방법이 없다.

강오선 사건으로 인해 회장 세력은 당분간 안정화가 되기까지 어느 정도 시간이 필요한 상황이다.

그런데 황고수를 도와줄 여력이 과연 될까?

황고수도 애초에 커다란 도움을 바라지 않았다.

그렇게 되면 결론은 하나다.

퇴사(退仕).

청진그룹에 평생을 바쳐 일해왔던 그가… 한 가정의 가장인 그가… 오로지 황고수라는 남자 한 명만을 믿고 있는 사랑스런 아내와 귀여운 자식들을 어떻게 해서든 먹여 살려야 하는 입장인 그가 청진그룹에서 퇴사당한다.

한 치 앞도 볼 수 없는 깜깜한 미래가 그를 기다리고 있을 뿐이다.

민철이 휴게실 주변을 둘러보기 시작한다.

동시에 일시적으로 마나를 퍼뜨린다.

'사일런스(Silence)'

주변에 침묵 마법을 걸어둔다.

두 사람의 대화 내용이 외부로 퍼져 나가는 걸 미연에 방지하기 위함이었다.

"황 부장님."

"…무슨 일이지?"

"이번 일은… 황 부장님도 잘 아시겠지만, 딱히 손을 쓸 방법이 없습니다. 최대한 저도 도와드리고 싶어도 상황이 여의치가 않습니다. 죄송합니다."

"나도 잘 알고 있어. 그리고 날 도와주려고 하는 그 마음만으로도 충분해. 굳이 사과까지 할 필요는 없어."

민철은 분명 힘이 있는 남자다.

일개 사원임에도 불구하고 그의 뒤에는 늘상 서진구와 한경배 회장이 버팀목이 되어줬다.

하지만 지금 회장 세력은 강오선 사건 덕분에 커다란 후유증을 앓고 있었다.

서진구 또한 한경배 회장을 대신해 강오선 사건의 후폭풍을 최소화하기 위해 정신없이 뛰어다니고 있는 중이다.

회장 세력의 지원 사격을 바랄 수 없는 시점에서 황 부장은 민철이 자신에게 큰 도움을 줄 수 없다는 걸 너무나도 잘 알고 있었다.

물론 민철은 재능과 소질이 있는 천재다.

하나 개인이 해결하기에는 이미 그 수준을 뛰어넘은 문제로 발전해 버린 것이다.

"마음만으로도 고마워."

너무 신경 쓰지 말아달라며 민철의 어깨를 가볍게 토닥여 준다.

처음부터 민철의 도움은 바라지 않았다.

황고수라는 남자 자체는 위기가 닥치게 되면 외부의 도움보다 자신의 능력으로 그 위기를 헤쳐 나가는 스타일이다.

그렇기에 이번 일은 황고수를 당황하게 만들기에 충분했다.

갑자기 집단으로 자신을 스파이로 치부하기 시작하는 순간, 황고수로서는 어떻게 반응해야 좋을지 몰랐기 때문이다.

이런 식으로 모함을 당한 적은 그의 인생을 통틀어 거의 유일무이(唯一無二)했다.

그렇기에.

마음에 상처를 받게 되었다.

잘못한 게 없음에도 불구하고 대역죄인 취급을 받는 이 기분.

경험해 보지 못한 사람이라면 공감하기 힘든 기분일 것이다.

"만약… 이번 사건이 좋지 않은 결과로 이어지게 된다면 부장님께서는 어떻게 하실 생각이십니까?"

차마 퇴사라는 단어는 언급하고 싶지 않은 민철이기에 슬쩍 그에게 앞으로의 향방을 묻는다.

"글쎄… 일단 새로 직장을 찾아봐야겠지. 청진그룹에서 영업부 부장직으로 일했다고 하면, 그래도 꽤 많은 중소기업에서 얼씨구나 하고 러브콜을 보내오는 정도는 되지 않을까 생각하네만."

실제로도 황 부장을 탐내는 업체가 여럿 존재한다.

게다가 영업직을 담당하다 보니 다른 업체들과 제법 많은 접점이 있던 그다.

그의 우수한 능력을 알고 있는 업체들은 이번 기회에 황고수 부장을 모서 오려고 안달이 날 것이다.

하지만 청진그룹에 종사하던 그가 과연 중소기업에 가서 제대로 된 일을 할 수 있을까?

본인의 욕심에도 만족스럽지 못할 것이다.

하다못해 청진그룹 급은 아니더라도, 장래성을 비롯해 어느 정도 인지도가 있는 기업에서 황고수 부장을 부른다면 참 좋겠지만…….

아직까지 그런 제의는 들어오지 않았다.

"황 부장님은 그것으로 만족하시는 겁니까?

"그래도 자식들하고 마누라는 먹여 살려야 하니까. 내가 돈을 벌지 않으면 가정이 파탄나지 않겠나. 여태까지 나를 믿어준 아내와 자식들을 배신하고 싶지 않네. 조금 더… 내가 조금 더 고생하고 희생하면 돼."

"……."

민철의 입장에선 사실 이런 황고수의 마인드가 잘 공감이 되지 않았다.

문화적인 차이일까.

레디너스 대륙은 가장이 희생하면서 가족들을 먹여 살려야 한다는 그런 관습이 심화되진 않았었다.

'역시 이 세계는 알다가도 모르겠군.'

속으로 가볍게 혀를 차던 민철이었으나, 중요한 건 이게 아니다.

"황 부장님께 한 가지 좋은 제안을 들려 드릴까 합니다만."

"나에게?"

"예, 지금부터 제가 하는 말은 절대로 다른 사람들에게 하시면 안 됩니다."

도대체 무슨 이야기를 하려는 것일까.

하지만 황고수에게 분명 도움이 될 만한 정보라는 사실을 믿고 있기에 고개를 끄덕이며 비밀 엄수를 다짐한다.

"알았네."

그와 동시에 시작되는 민철의 말은…….

황고수 부장을 놀라게 하기에 충분한 내용들이었다.

"…그게 사실인가?"

"네, 만약 황 부장님이 조금이라도 제 말을 긍정적으로 받아들이신다면… 충분히 제가 자리를 마련해 드릴 수 있습니다."

"분명 그건 나쁘지 않은 제안이지만… 아니, 그래도 일단 청문회가 남아 있으니 그 결과를 보고 나서 결정을 하는 게 좋…….."

"이런 말씀 드리기 정말 죄송합니다만."

민철이 도중에 황고수의 말을 끊는다.

"황 부장님은 분명 퇴사를 당하시게 될 겁니다."

"……."

막상 민철을 통해서 직접 퇴사라는 단어를 접하게 되니 자신의 처지가 명확하게 인지된다.

결코 생각하고 싶지 않았던 최악의 결과.

하지만 황고수 본인도 암묵적으로는 그 결과 또한 어느 정도 염두에 두고 있었다.

그렇기 때문에 재취업을 시도할 회사들을 알아봤던 것이다.

"어차피 이번 청문회에서 좋은 결과를 얻게 되어 계속 청진그룹에서 일하게 된다 하더라도 황고수 부장님은 앞으로 이미 한번 내통자 후보에 올랐던 사람이란 이미지가 계속 꼬리표처럼 따라붙게 될 겁니다. 황 부장님의 결백을 주장하는 확실한 증거도 없는 상황에서 모든 사람들의 의심을 완벽하게 지울 수는 없습니다. 이번 건은 강오선 사건과 다릅니다. 상황을 타파할 명확한 증거가 없는 이상, 황고수 부장님의 이미지 손실은 피할 수 없습니다."

"…그런가."

황고수와 같은 처지에 놓여 있는 사람들의 마음을 움직이는 건 매우 쉬운 일이다.

당사자에게 최악의 상황을 강조시켜 준다.

재차 황고수에게 퇴사당할지도 모른다는 심리적 압박감을 선사해 줌으로써 황고수의 마음을 움직인다.

그게 현재 민철이 발현하고 있는 화술의 기법이었다.

"마냥 긍정적으로 일이 잘 풀리게 될 거라는 헛된 희망을 가지고 이 사건을 해결하기 위해 움직여 봤자 이미 황 부장님은 사람들의 미움을 살 만큼 사버렸습니다. 물론 황 부장님은 결백을 주장하시겠지만… 그 말을 믿어줄 사람이 과연 몇이나 될까요? 윗사람들은 어떻게든 내통자라는 가상의 스파이를 만들어 강오선 사건의 후폭풍을 최대한 빠르게 제거하고자 하는 생각들로 가득 차 있을 겁니다. 황 부장님이 의도했든 의도하지 않았든 간에 이미 부장님 모르게 다수의 적을 만들어 버린 셈입니다. 부장님을 어떻게든 내통자로 만들어 버리겠다는 적의 세력이 탄생한 거죠."

"……"

"괜한 심적 부담감을 가지고 구차하게 청진그룹에 남아 있느니… 차라리 제가 드린 제안을 받아들이시는 게 훨씬 더 좋지 않겠습니까."

궁지로 몰아넣은 뒤 대안책을 제시해 준다.

그렇게 되면 그 대안책에 귀가 솔직해지는 건 어쩔 수가 없다.

민철이 다시 한 번 제안했던 내용을 언급한다.

"머메이드로 새로운 보금자리를 옮기시면 됩니다. 그곳이라면… 황고수 부장님이 힘을 보태주신다면, 분명 청진그룹 못지않은 대기업으로 성장하게 될 겁니다."

현재 머메이드에게 필요한 것.

그것은 바로 '인재(人才)'다.

이미 기존 카페 사업으로 인해 충분한 자본을 축적했다.

이제 남은 것은 타 분야로 사업을 확장시키는 일뿐이다.

그러기 위해서는 황고수와 같은 인재가 필요하다.

민철의 제안을 받아든 황고수가 천천히… 아주 천천히…….

고개를 끄덕인다.

"…괜찮을지도 모르겠군."

머메이드는 한창 주가가 수직 상승하고 있는 신흥 브랜드
다.

만약 그곳이라면…….

어쩌면 청진그룹을 뛰어넘을 만한 새로운 강자가 될지도
모른다.

그 성공 신화의 주역이 되는 것도 나쁘진 않으리라.

*   *   *

머메이드의 경우에는 현재까지 절대적으로 인력이 부족한
상황이다.

그렇다고 아무나 뽑을 수도 없는 노릇 아니겠는가.

그렇기 때문에 공채를 통해 뽑든, 혹은 특채를 통해 뽑든
최대한 인력을 보충하기 위해 모든 수단과 방법을 가리지 말
아야 한다.

청진그룹에 다니고 있음에도 불구하고 머메이드를 키워야
한다는 생각을 품고 있던 민철에겐 황고수 부장은 결코 놓칠
수 없는 인재 중 한 명인 셈이다.

그래서 이번 기회를 통해 황고수에게 슬쩍 머메이드행을
제안해 본 것이다.

그 결과.

황 부장에게 오케이 사인을 받아내는 데에 성공을 거둔 민철.

이제 남은 일은 하나다.

청문회에서 최대한 적을 만들지 않고 어영부영 넘기기만 하면 된다.

황고수 부장이 머메이드행을 결정지었다면, 그가 최대한 좋은 모습으로 회사를 떠나게 된다는 이미지를 남기게 해야 한다.

그러기 위해선 청문회의 역할이 중요하다.

회사를 위해 대신 희생하겠다.

회사의 안정을 위해 이 한 몸 자진하여 나서겠다.

이런 식으로 스스로의 존재 가치를 드러내는 형식으로 청문회를 이끌어간 황고수 부장.

영업 1팀 부장직을 맡았던 터라 굳이 민철이 지원사격을 해주지 않아도 무난하게 이끌어가는 모습을 선보인다.

하지만 이런 청문회의 진행 형태에 불만을 제기한 쪽은 오히려 황고수나 민철이 아닌 다른 지인들 쪽이었다.

*　　　*　　　*

"…전 이해가 안 됩니다."

조 실장은 뭔가 마음에 안 드는 모양인지 혼잣말을 중얼거린다.

청문회가 끝난 이후.

대략 어떤 식으로 이야기가 오갔는지에 대해선 이미 조 실장 특유의 광대한 인맥망을 통해 그 흐름을 이미 접수한 모양인지 황고수에게 불만을 제기한다.

"왜 아무런 죄가 없는 부장님에게 어떻게 해서든 죄를 덮어씌우려고 안달이 난 모양인지……."

"세상 일이 다 그렇게 흘러가는 걸 어떻게 하겠냐."

"부장님은 화도 안 나십니까?! 청문회에서도 별다른 성과가 없었다면서요!"

"그러긴 했지."

그저 무뚝뚝한 표정으로 고개를 끄덕이기만 한다.

그의 반응이 조 실장에게는 상당히 답답하게 느껴지는 모양인가 보다.

하긴. 회식 자리에서도 황 부장의 태도에 대해 지적할 정도인데, 사무실 안이라고 한들 할 말 못 할 말 가릴 처지가 될까.

"왠지 모르게 불안한 느낌이 드네요."

서 주임 또한 최악의 결과를 예상하듯 한 마디를 더한다.

이들이 직접 청문회에 참가한 건 아니다.

하지만 정황상으로, 그리고 참가했던 이들의 증언을 통해 미루어 짐작하건대 그다지 좋은 변론은 아니었던 것으로 추정된다.

물론 이들은 황 부장이 머메이드로 보금자리를 옮기려 하려는 의도로 그런 애매모호한 변론을 내비쳤음을 모르는 상태다.

이들을 위해 황 부장은 그저 이렇게 중얼거릴 뿐이다.

"하늘에 맡기는 수밖에."

말은 그렇게 해도 이미 황 부장은 어렴풋이 짐작하고 있었다.

청진그룹에는 계속 머물기 힘들 것이란 사실을.

* * *

청문회가 열리기 전.

"황고수 부장?"

어느 한 카페 내부에서 민철과 마주 앉은 체린이 대뜸 튀어나온 황고수란 이름 석 자에 의아함을 드러내며 말한다.

"그분이라면… 현재 민철 씨 상사분 아니야?"

처음 그의 이름을 들었을 때 체린이 보여준 반응은 대략 이러했다.

민철의 상사.

즉 남자친구의 상사.

자연적으로 내조에 대한 기운이 발동한 모양인지 황고수라는 이름이 나오자마자 급격한 관심을 선보이기 시작한다.

체린도 나름 머메이드에서 부사장 직위를 맡고 있지만, 일을 한다 하더라도 남편의 내조 정도는 확실하게 하고 싶다는 개인 욕구가 있었기 때문이었다.

"잘 기억하는군."

"아무래도 사람을 만나고 다니는 게 일이니까 기억을 못할 리가 없지. 그리고 민철 씨에 관한 거잖아?"

"그렇군."

남자의 입장에서 보자면 기분 좋은 발언처럼 들릴지도 모른다.

물론.

도가 지나치게 된다면 고마움보다 귀찮음이 더 많이 느껴지게 된다.

"그런데 그 사람은 왜?"

"머메이드 쪽으로 보금자리를 옮기게 만들고 싶어서."

"우리 쪽에서 먼저 스카웃 제의를 하란 뜻이야?"

"아니, 제의는 내가 할 거야."

아직 체린은 황 부장에게 벌어지고 있는 내부 사정을 잘 알지 못한다.

그가 강오선 사건의 내통자란 혐의를 받고 있다는 것, 그리고 조만간 그 사건의 청취를 위해 청문회가 열린다는 것까지.

하나하나 모든 정황을 상세하게 설명해 줄 순 없지만, 그래도 어렴풋이나마 황고수 부장을 중심으로 벌어지는 일들의 윤곽선 형태만 드러날 정도로 언급을 해주기 시작한다.

"뭔가 안 좋은 일이라도 벌어졌나 보네."

체린도 눈치가 느린 여자는 아니다.

아무런 일 없이 황고수를 머메이드 쪽으로 끌어오고 싶다는 말을 괜히 하진 않을 거라 생각했기 때문이다.

생각을 해보라.

아무런 문제가 없다면 그 잘나가는 청진그룹에서 한경배 회장의 신임을 얻으며 회사 생활 잘하고 있는 사람을 왜 추천하겠는가.

설령 민철이 황고수 부장을 추천하다 하더라도 당사자의 의지가 가장 중요하다.

민철이 체린에게 직접 이 말을 꺼내는 이유란.

아마도 황고수 부장의 자리를 위협할 만한 일련의 사건이 벌어진 것 때문이 아닐까.

"자세한 건 나중에 말해줄게. 일단 내 말대로 해줘."

거두절미하고 체린에게 직접 결론만 골라 말해준다.

대게 체린은 민철의 말을 의심 없이 믿고 따르는 태도를 많이 취해왔다.

이번에도 분명 무슨 좋은 꿍꿍이가 있으리라.

더욱이 황고수 부장은 청진그룹에서 출신 대학을 따지지 않고 영업 1팀 부장직으로 영입했으며, 지금은 회장 세력의 대표적인 중추 역할을 맡고 있는 총괄기획부 부장직을 맡기고 있다.

능력적으로는 이미 검증을 받은 셈이다.

더욱이 체린은 민철이 자신감 있게 누군가를 추천하는 걸 사실 그리 많이 접한 적이 없다.

혜진의 경우도 있었지만, 그건 혜진의 능력이 특출 나게 뛰어나서 추천했다기보다는 아는 동생이란 이유가 더 크게 작용했다.

그러나 황고수는 다르다.

"황 부장을 머메이드 쪽으로 데려가게 되면, 분명 새로운 사업을 추진하는 데에 커다란 도움이 될 거야."

"…알았어. 일단 말은 해둘게."

머메이드 내부에선 체린의 영향력이 상당히 크게 작용한다.

그녀가 직접 일을 추진하게 된다면, 큰 사건이 발생하지 않는 이상 웬만하면 그 일을 추진할 수 있을 것이다.

미리 체린과 모종의 거래를 마치게 된 민철.

이제 그가 할 일은…….

황고수 부장을 회유하는 일뿐이다.

*　　　*　　　*

이미 사전에 미리 체린에게 황고수 부장을 역으로 스카우트하겠다는 계획을 밝혔던 민철은 곧장 그를 꼬드기게 되었고, 결과는 머지않아 정해지게 되었다.

"…이게 뭔가?"

서진구의 눈동자가 크게 흔들리기 시작한다.

그도 그럴 것이.

설마 황고수가 먼저 그에게 사직서를 제출할 줄은 꿈에도 몰랐기 때문이다.

"사표입니다."

"나도 알고 있네. 하지만 내가 묻는 건 그게 아니야. '왜 사직서를 제출하냐'를 묻고 있는 걸세."

"어차피 정황상 제가 혐의를 벗어나는 건 힘든 일 같습니다. 설령 강오선과 내통하지 않았다는 진실이 밝혀지더라도 이미 배신자 후보에 거론되었다는 것 자체만으로도 앞으로 제가 이 회사를 다니는 데에 있어서 늘상 꼬리표처럼 그 말이 붙어 다니겠지요. '내통자'라는 단어가… 말이죠."

"그거야……."

혐의를 벗어나는 게 물론 중요한 것일지도 모른다.

하지만 이미 내통자 후보에 거론되었다는 것 자체만으로도 게임은 끝났다 해도 과언이 아니다.

그는 의심받고 있다.

의심의 끝이 향하는 곳이 어디일지는 오로지 진실을 아는 자의 몫이다.

하지만 적어도 의심을 받게 되었다는 것 자체만으로도 황고수에게는 좋지 않은 결말과 연결될 가능성이 클 수밖에 없다.

그렇다면 권고사직을 당하는 것보다 제 발로 회사를 떠나는 것이 좋을 것이다.

하다못해 자신의 손으로 직접 회사 생활을 결정짓는다.

그게 황고수가 할 수 있는 유일한 결단이자 자존심을 지키는 일이었다.

"…후우……."

깊은 한숨을 내쉬기 시작하는 서진구.

청진그룹에 계속 구차하게 붙어 연명할 바에야 차라리 자신의 손으로 당당하게 퇴사의 길을 선택하겠다는 것이 황고수의 입장이었다.

그 입장을 존중해 주는 것이 서진구로서는 유일하게 그를 도울 수 있는 일이 아닐까.

하지만 아쉽다.

너무나도 아쉽다!

일생 동안 청진그룹에 충성을 맹세해 오며 열심히 일해왔던 황고수를 이런 식으로 내쳐야 한다는 것이 서진구로서는 너무나도 가슴이 아픈 일이기도 하다.

물론 서진구의 입장 또한 황고수도 잘 알고 있다.

아니, 잘 이해하고 있다.

"그동안 많은 도움이 되어주셔서 정말 감사합니다."

"…알았네."

청문회 결과도 사실 그렇게까지 좋지 않았다.

깔끔하지 않은 결과는 계속해서 끊임없이 의문을 불러일으킨다.

그 계속되는 의구심은 황고수에게 결코 좋게 작용하지 않을 것이다.

그걸 잘 알기에 서진구도 더 이상 황 부장의 사직 의사를 만류하지 못했다.

*   *   *

황고수의 퇴사!

그의 퇴사 소식이 사내에 끼친 영향은 결코 적지 않았다.

"흐으음……."

홍보팀의 구 부장 또한 괜히 황고수의 일이 남 일 같지 않게 느껴진다.

"좋은 사람이었는데, 뭔가 아쉽네."

스스로 사직서를 제출할 정도라고 하니 얼마나 마음고생이 심했을지 구 부장도 쉽사리 예상하지 못할 정도였다.

"그렇게나 무뚝뚝한 사람도 결국은 훅 가는구나. 무섭다, 이놈의 회사."

혼잣말을 늘어뜨리는 구 부장을 향해 지나가던 대민이 차마 흘려듣지 못하고 안타까움을 자아낸다.

"앞으로 어떻게 하실까요?"

"황 부장?"

"네. 그 나이 대에 회사를 나가면 좀 부담스럽지 않을까요? 경제적인 면이라든지… 이런 거 말이에요."

"글쎄다. 영업 쪽에서 일하던 양반이니까 불러줄 만한 곳은 많다고 생각하는데. 문제는 과연 청진그룹에서 받은 대우만큼, 혹은 그 이상으로 조건을 높게 쳐줄 만한 곳이 과연 있을지 없을지가 문제겠지."

"그렇군요."

무의식적으로 고개를 끄덕이는 대민.

그를 향해 구 부장의 말이 끊임없이 이어진다.

"분명 제안은 많이 들어올 거야. 하지만 청진그룹에서 받던 만큼의 대우를 해줄 만한 회사가 과연 몇이나 될까? 난 거의 없다고 보는데."

"저도 그 점에 대해선 공감합니다만……."

"아무튼 황 부장도 나름 생각이 있으니까 스스로 사직서를 냈겠지."

"자존심 때문이 아니고요?"

"멍청아. 먹고사는 데 자존심이 무슨 소용이냐. 자존심이 밥이라도 먹여주든? 황 부장이 겉은 무뚝뚝하더라도 속으로는 영업 팀에서 십 년 이상을 일해온 능구렁이야. 분명 자기 자신에게 떨어질 이득은 명확하게 계산을 하고 움직이겠지. 영업부의 특징이니까."

"뭔가… 제가 알고 있는 황 부장님의 이미지와는 많이 다르네요."

"겉과 속이 다른 사람은 어디에도 있으니까. 그렇다고 황 부장이 너무 속물이다 이런 뜻은 아니다. 어디까지 각자 먹고 살 길을 개척하겠다는 뜻인데, 우리가 그걸 욕할 권한은 없잖냐?"

"음… 맞는 말 같습니다."

황 부장이 지금 당장 회사를 관두진 않을 것이다.

아니, 관둘 수가 없는 상황이다.

그간 총괄기획부에서 해온 일들이 있기에 인수인계를 마치기 전까지라도 어떻게 해서든 회사에 남아 있어야 하기 때문이다.

그리고 그 인수인계를 받게 된 사람이 바로…….

"이민철이라… 녀석, 출세했구만."

제5장

원수는 외나무

다리에서

청진그룹 역사상 다른 사람들의 눈에 확 들어올 만큼 빠른 승진을 보여줬던 사람들은 사실 몇 명 없다 해도 무방하다.

그러나 이민철의 승진 속도는 말 그대로 광속이라 불릴 만큼 빨랐다.

이번에 퇴사 여부가 결정된 황고수의 뒤를 이어 새로운 부장직을 차지하게 된 인물.

그 사람이 바로 이민철이었다.

동기들 중에서는 아직도 일반 사원에 머무르고 있는 사람도 있는데, 같은 동기는 벌써 부장직을 달게 되었다.

이민철 부장!

본래대로라면 조 실장이 먼저 부장직 제의를 받았어야 했지만, 조 실장은 리더십보다는 주로 외근, 혹은 다양한 인맥망을 활용한 서포터 역할이 더 알맞다 할 수 있다.

최전선에 서서 카리스마 있는 모습으로 한 부서를 이끌어가는 조 실장의 모습은 가히 상상이 안 된다.

그에 비해 이민철은 다르다.

황고수 부장 밑에서 그의 업무들을 보좌하며 일해왔다.

더불어 그가 총괄기획부의 사령탑을 맡게 된 가장 큰 이유는 바로 남우진 세력의 견제를 가장 덜 받는 인물이란 의견이 지대한 영향을 끼치게 되었다.

두 번 다시 황고수 부장과 같은 사례로 우수한 인재를 잃고 싶지 않다는 서진구의 의지를 반영하듯, 그를 비롯해 한경배 회장까지 민철이 부장직을 차지하게끔 적극적으로 밀어주게 되었다.

애초에 한경배 회장이 직접 창설에 관여한 부서다. 그의 입김이 크게 작용하지 않을 리가 없다.

리더십과 카리스마, 그리고 프로젝트에 대한 추진력과 더불어 황고수 부장과 밀접하게 붙어 다니며 그의 업무를 직접 보고 배워왔다는 점이 크나큰 이점으로 작용하게 되었다.

그리고 거기에 더해 무엇보다도 그간 세운 민철의 공로 역시 만만치 않은 영향을 끼쳤다.

실력 위주의 회사 운영 방침을 모토로 삼고 있는 청진그룹이라면 이른 나이에 부장이라는 타이틀을 줄지도 모른다는 민철의 예상이 그대로 들어맞았다.

'황 부장님에게는 참으로 미안한 일이군.'

이제는 민철에게 있어서 제2의 휴게실이 되어버린 옥상에 올라와 하늘을 올려다본다.

아무도 없는 혼자만의 공간.

푸른 하늘 위에 둥둥 떠다니는 뭉게구름이 민철을 상냥한 시선으로 내려다보는 듯한 느낌마저 선사해 준다.

이제 머지않아 황고수 부장은 전선을 떠나게 된다.

그의 뒤를 이어받은 사람이 바로 이민철이다.

일찍이 민철은 고차원적 존재들에 의해 이 세계로 소환되었을 당시, 자본주의의 정점에 오르기로 내기를 했다.

그 첫 번째 타깃으로 삼은 곳이 바로 청진그룹.

아무런 뒷배경도 없는 민철이 청진그룹을 차지하기 위해선, 다수의 사람들에게 능력을 인정받으며 위로 올라가야 한다.

즉, 승진이란 수단을 통해서 청진그룹을 하나하나씩 자신의 것으로 만든다.

동시에 외부적으로 머메이드라는 또 다른 자본 덩어리를

키워간다.

그러기 위해선 미안한 말이지만, 황고수 부장과 민철이 같은 회사에 있어서는 안 된다.

황고수를 머메이드에 보냄으로써 체린의 회사를 키울 수 있는 여건을 마련함과 동시에 황고수 부장의 빈자리를 대신 채운다는 명목으로 일찌감치 부장 자리에 안착한다.

이게 민철의 가장 큰 목적이다.

사실 민철에겐 아무에게도 이야기하지 않은 비밀이 하나 있었다.

주머니 속에서 꺼내보는 스마트폰.

이 속에……

강오선과 내통한 자가 누구인지 알 수 있는 결정적인 증거가 담겨 있다!

하나 민철은 일부러 이 증거를 외부로 드러내지 않았다.

증거를 입수한 건 황고수 부장이 내통자 혐의를 받기 전이었다.

즉, 이 증거를 청문회에서 간부 모두에게 보여줬다면 황고수의 혐의도 자연스럽게 소멸되었을지도 모른다.

그러나 민철은 일부러 이 증거를 외부로 드러내지 않았다.

오로지.

황고수 부장의 자리를 대신 차지하기 위해서.

*　　　*　　　*

유전자 연구 업체들이 공통적으로 강오선으로부터 모종의 협박을 받았다는 공동 성명을 낸 직후.

여론은 강오선을 몰아붙이며 그에게 비난의 화살을 돌리기 시작했다.

사실상 그 시점부터 이미 게임은 끝났다 해도 과언이 아니다.

하지만 여기서부터 민철은 본격적인 게임을 시작하기 위해 직접 움직이려는 계획을 세우고 있었다.

털썩!

가지런히 정돈된 어느 한 저택의 마당에 몰래 발을 들여놓은 민철이 주변을 살핀다.

이윽고 민철의 뒤를 따라 담을 넘어 지면에 착지한 또 다른 인물, 도안이 걱정스러운 얼굴로 재차 묻는다.

"정말… 괜찮은 겁니까?"

"예, 딱히 나쁜 짓을 하려는 것도 아니니까요. 그리고 먼저 저희에게 위해를 가한 건 바로 강오선입니다."

"…그랬었지요."

이들이 잠입한 저택.

철통과도 같은 보안으로 무장된 저택이었지만, 민철과 도안의 마법을 이용하면 최첨단 장비들조차 무용지물로 만들 수 있다.

저택의 주인인 강오선을 만나기 위해 사일런스 마법으로 최대한 인기척을 줄이며 집 안으로 잠입을 하기 시작하는 두 사람.

순간이동 마법을 통해 순식간에 저택의 안쪽으로 진입한 뒤에 강오선이 있는 위치를 파악하기 위해 마나 탐지망을 이용한다.

미세하게 퍼지는 푸른 마나의 기운.

이윽고 민철이 어느 한 지점을 가리킨다.

"저기입니다."

"예."

고개를 끄덕인 도안이 민철의 뒤를 따른다.

사일런스 마법 덕분에 두 남자의 작은 소음조차 침묵으로 뒤덮인다.

천천히.

아주 천천히 2층으로 이동하기 시작한다.

이윽고 어느 구석에서 고래고래 소리치는 한 남자의 목소리가 들려온다.

"그 개새끼들!! 내가 어떻게 해서든 전부 죽여 버리겠어!!"

째쟁!!

술병이 깨지는 듯한 소리와 동시에 쿵쾅거리는 효과음까지 들린다.

아마도 홧김에 주변 물건들을 부수는 행위를 하고 있으리라.

잠시 걸음을 멈춘 민철이 슬쩍 도안을 응시한다.

"방 안에는 저 혼자 들어가 보겠습니다. 도안 씨는 혹시 모르니 저택 안에 있는 사람들을 찾아 슬리핑 마법으로 잠재우시기 바랍니다."

"알겠습니다."

"절대로 저희의 모습이 들켜선 안 됩니다. 만약 들키게 된다면 기억 조작 마법을 통해서라도 그 흔적을 지워야 합니다."

"예."

사실 굳이 도안을 데리고 올 필요는 없었다.

그러나 혹시나 있을지 모르는 상황에 대비해… 다시 말해서 방금 전 민철이 언급했던 기억 조작 마법과도 같은 고도의 정신 지배 마법을 행할 때가 오게 될 경우에는 민철보다 더 클래스가 높은 9클래스 마스터, 도안이 직접 손을 쓰는 게 더 확실하고 안전한 방법이다.

여차하면 강오선에게 마인드 컨트롤을 사용할 수도 있다.

하지만 굳이 그럴 필요까진 없다고 판단한 모양인지 민철 혼자서 조심스럽게 방문을 열며 안으로 진입한다.

"…누가 감히 내 허락도 없이 들어오……."

"안녕하십니까, 의원님? 혹시 제가 누군지 기억하십니까?"

문을 열고 들어오는 낯선 남자.

강오선의 가족도, 지인도 아니다.

하나 민철을 보자마자 강오선의 동공이 크게 확장된다.

"너, 넌……!"

"기억하시는군요. 하긴, 티비에서 지겹도록 절 보셨을 테 니 말입니다."

가장 처음 강오선을 향해 여론의 반격을 가한 포문을 열었 던 것이 바로 강오선과 손을 잡은 조직폭력배 체포 사건이다.

그 체포 사건에서 일부러 인질이 되어 이들을 몽땅 잡아들 인 결정적인 역할을 자처한 남자, 그게 바로 이민철이다.

직접 카메라 앞에 서서 그때 당시의 일을 회상하듯 생생하 게 감금당했을 당시의 상황을 전하며 여론의 표를 끌어들인 민철을 강오선이 기억하지 못할 리가 없지 않겠는가.

"네놈이 어떻게 여길……!!"

"여담이긴 하지만, 한국 사람들은 대게 과정보다 결과를 중요시 여기더군요. 적용시켜 보자면 제가 여기까지 오게 된 과정은 중요치 않습니다. 의원님이 정작 신경 써야 하는 건

과정이 어찌 되었든 저, 이민철이 아무런 문제 없이 의원님과 이렇게 직접 '대면하게 되었다'가 아니겠습니까."

있을 수 없다.

함부로 침투하기에는 경비 자체가 너무 삼엄하게 구성되어 있기 때문이다.

감시 카메라는 물론 개인 보디가드, 그리고 주변에 경찰들까지.

한창 대한민국을 들끓게 만드는 인물이다 보니 경비가 한층 더 두터워질 수밖에 없었다.

물론 반쯤은 강오선의 안전을 지키려는 의도였고 남은 반은 강오선이 혹시나 도주를 하지 않을까 하는 감시의 의미도 섞여 있는 경비라 할 수 있다.

그런데 민철은 마치 그것들을 우습게 여기듯 너무나도 쉽게 뚫고 강오선의 앞까지 도달하게 되었다.

어차피 어떤 식으로 여기까지 오게 되었는지 물어봐도 민철이 스스로 자처해서 대답을 들려줄 거란 기대는 애초에 강오선도 하지 않았다.

술에 취해… 그리고 세간의 비난 여론에 의해 이미 제정신이 아니다 하더라도 그 또한 엘리트이자 수재라 불리던 인재다.

비정상적인 상황이 발생했다 하더라도 빠르게 자신이 무

엇을 할지 판단을 내린다.

"날… 어쩔 생각이지?"

민철이 직접 손을 쓰지 않아도 그는 여론의 심판을 받게 될 것이다.

그런데 굳이 민철이 여기까지 와서 손수 강오선에게 응징을 할 거란 생각은 결코 들지 않는다.

무언가가 아직 강오선에게 볼일이 남아 있기에 이와 같은 특별한 만남을 주최한 게 아닐까.

"별거는 아닙니다만."

강오선의 경계심을 무너뜨리기 위함일까.

입가에 미소를 머금으며 천천히 다가와 맞은편 의자에 앉는다.

물론 웃음이 건강에도, 그리고 타인에게도 좋은 이미지를 형성하게끔 도움을 주는 외형적 활동이라곤 하지만……

지금과 같은 상황에선 아무런 도움이 안 된다.

그저 강오선에게는 민철이 승리자란 이름의 왕좌에 앉아 자신을 조롱하듯 내려다보는 기분밖에 느껴지지 않았다.

굴욕감.

그리고 패배감!

이 모든 복합적인 감정이 강오선의 마음속에 소용돌이치기 시작하지만, 이럴 때일수록 점점 더 침착하게 생각해야 한다.

냉정함을 잃게 되는 순간, 민철의 화술에 그대로 말려들어가기 때문이다.

한편.

어떻게 해서든 침착함을 유지하기 위해 눈동자를 굴리는 강오선의 행동을 보며 민철은 속으로 감탄을 토할 수밖에 없었다.

'괜히 '권력을 손에 쥔 남자'라 불리는 게 아니었군.'

강오선에게 정상적인 판단을 내리지 못하게끔 일부러 급작스런 상황 전개를 연출해 그에게서 원하는 대답을 얻어내려고 계획했던 민철의 의도가 틀어진 셈이다.

그러나 아무렴 어떠랴.

중요한 건 여전히 민철이 우위를 점하고 있다는 것이다.

대화의 공격 우선권은 민철에게 있다.

처음 청진그룹을 향해 공격을 가하던 강오선이었으나, 지금은 수비적인 입장을 표할 수밖에 없게 된 것이다.

어차피 공격 권한을 쥐고 있는 건 민철이고, 더불어 시간도 그렇게 많이 할당되어 있지 않다.

"당신과 내통한 청진그룹 내부 인사를 좀 알려줬으면 해서요."

"……!"

내통자의 존재를 알고 있다는 것만으로도 강오선에게 압

박을 가하기엔 충분했다.

강오선은 결코 외부로 내통자의 존재를 알린 적이 없었다.

그러나 민철의 생각은 달랐다.

강오선이 단순히 한경배 회장에게 자신의 제안을 거절했던 이유 하나만으로 보복하기 위해 이번 사건을 벌였다는 건 말이 안 된다.

그는 외부로 시선을 돌리고, 내부적으로 한경배 회장의 지위를 약화시켰다.

이건 결단코 강오선이 단독으로 벌인 일이 아니다.

외부와 내부의 합동 작전이다.

"설령 내가 안다 하더라도 네 녀석한테 순순히 알려주리라 생각했나?"

어차피 강오선은 '그'에게서 버림받았다.

복수심을 생각하면 알려줘도 상관없긴 하지만, 이 정보를 아무런 조건 없이 알려주는 건 너무나도 의미 없는 일이다.

강오선을 꼬드길 수 있는 조건을 제시하라!

민철의 머리가 다시 한 번 빠르게 돌아가기 시작한다.

*　　　*　　　*

"어차피 이대로 가다간 당신은 끝입니다. 잘 알고 있겠죠?"

"……."

민철의 말이 맞다.

단순한 협박이 아니라, 정말 강오선은 인생의 바닥을 찍을 수도 있을 만한 상황까지 오게 된 것이다.

괜한 욕심을 부려서.

차라리 현 자리에 만족을 했다면 이렇게까지 파탄이 나진 않았을 것이다.

하지만 청진그룹이라는 거대 자본주의의 상징에 자신의 이름을 새겨둘 수 있다는 욕심 때문에 그가 쌓아온 모든 것이 무너질 위기에 처해 있다.

원내 대표가 무슨 상관인가. 지금 국민들이 자신을 죽이려 하고 있는데.

"간단합니다. 누구와 내통했는지만 알려주신다면 제가 당신에게 힘이 되어드리겠습니다."

"힘이… 되어준다고?"

"그렇다고 구제해 주겠다는 의미가 아닙니다. 그저 당신에게 돌아갈 피해의 범위가 줄어들게끔 도와주겠다는 뜻입니다."

"……."

"게다가 행태를 보아하니… 같은 동료에게도 버려진 모양인가 본데, 이번 기회에 저와 새롭게 손을 잡아보는 게 어떻습니까?"

민철은 그저 일개 사원에 불과하다.

그 사실을 강오선 또한 잘 알고 있다.

하지만.

지금 그에게 필요한 건 사원이니 간부니 하는 그런 차원의 문제가 아니다.

조금이라도 자신에게 도움이 될 수 있다면…….

지푸라기라도 잡고 싶은 것이 현재 강오선의 심정이다.

하지만 바로 이 자리에서 무턱대고 민철이 원하는 고급 정보를 바칠 수는 없다.

"우선 나에게 먼저 보여주게. 자네가 나의 환심을 살 수 있을 만한 그런 능력과 행동력이 있다는 걸 먼저 확인시켜 준다면… 말해주도록 하지."

먼저 확인을 받는 게 중요하다.

비록 공격 권한이 민철에게 있다곤 하지만, 그렇다고 최종 결정권까지 민철에게 있는 건 아니다.

민철이 원하는 건 정보다.

그리고 그 정보를 아는 이가 바로 강오선이다.

말하느냐 말하지 않느냐의 결정 권한은 강오선에게 있는 셈이다.

"알겠습니다."

고개를 끄덕인 민철이 그의 제안을 수락한다.

그 뒤부터는 일사천리였다.

대책위원회에서 황고수 부장을 도와 중추적인 역할을 담당하고 있던 민철이기에 강오선에 대한 여론 공격의 수위를 낮춘다든지, 혹은 그가 피해 갈 수 있을 법한 구멍은 일부러 눈을 감아주며 청진그룹에 정보를 제공하지 않는다든지 하는 식으로 강오선을 은근슬쩍 도와줄 수 있었다.

하지만 동시에 강오선이 다시 기사회생을 해서 청진그룹을 재차 공격할 수 있는 여력을 남겨두게끔 만드는 건 민철로서도 난감한 일이다.

강오선을 도와줬다는 것에 대한 부작용을 만들지 않기 위해 일부러 그와 연관된 각종 비리 등의 정보를 수집해 놓는다.

대책위원회 때 강오선을 역으로 공격하기 위해 모아두었던 자료들을 바탕으로 그를 재차 협박해 민철이 그를 도와주는 대신 앞으로 청진그룹에는 일절 손을 대지 말라는 식으로 경고를 해주는 것도 잊지 않는다.

물론 강오선 또한 민철의 경고를 결코 무시할 생각은 없는 모양인지 연신 고개를 끄덕일 뿐이었다.

이미 청진그룹에게 호되게 데인 몸 아니겠는가. 그런데 훗날 다시 한 번 복수심으로 청진그룹을 건드린다는 생각을 떠

올린다면 그건 근성이 있다기보다는 어리석다고 표현하는 게 더 어울릴지도 모른다.

*   *   *

이윽고 수일 뒤.

"……."

강오선 사건이 이제 여론에서 시들시들해질 무렵.

"좋은 술을 마시는군요."

방 안에서 홀로 술잔을 기울이던 강오선의 앞에 민철이 소리 소문 없이 다시 등장한다.

늘 이런 식이다.

바깥에서 두 사람이 만나는 것을 누가 본다면 민철과 강오선의 관계를 서로 의심할지도 모르는… 다시 말해 꼬리가 밟힐지도 모르는 위험한 일이기 때문에 늘상 이런 식으로 민철이 강오선의 집으로 몰래 찾아오는 형태로 만남을 이어가고 있었다.

강오선의 입장에선 도대체 민철이 어떤 식으로 방범 장치를 통틀어 각종 CCTV를 뚫고 여기까지 올 수 있는지 신기할 따름이었다.

한 번은 민철을 골탕 먹여보기 위해 보다 더 삼엄한 경비와 각종 트릭에 버금가는 방범 장치를 설치해 봤지만, 아무 짝에도 소용이 없었다.

그때마다 강오선은 조직폭력배 녀석들이 민철을 비롯한 극소수의 청진그룹 사원들에게 제압을 당했다는 그 보고가 거짓이 아니었음을 통감하게 되었다.

어쨌든 흘러간 일은 그저 과거에 지나지 않는다.

중요한 건 지금까지 민철이 강오선을 도와줬다는 점이다.

다시 정계에 진출하는 건 사실상 많이 힘들게 되었지만, 그렇다고 불가능하게 된 건 아니다.

그만큼 민철 덕분에 강오선은 지위를 많이 회복시킨 단계까지 오게 되었다.

그러나 이민철이란 남자를 무시하기엔 그의 영향력이 너무나도 커져 버렸다.

민철의 감시망만 없다면 다시 한 번 정계에 발을 디딜 수도 있다.

하지만 민철은 강오선에 대해 이미 너무 많은 것을 알게 되었다.

도움을 준 것도 민철이지만, 그의 활동을 제한하거나 억압하는 것 또한 민철이다.

결국 강오선은 민철의 의지대로 행동할 수밖에 없었다.

그가 조금이라도 입을 뻥긋하는 순간, 그나마 입에 풀칠이라도 할 수 있게 된 이 환경마저 날아갈 수도 있기 때문이다.

"이제 슬슬 지난 일에 대한 보답을 받을까 합니다만."

민철의 말이 무엇을 뜻하는지 그 또한 잘 알고 있다.

내통자를 밝혀라!

이미 민철에게 많은 약점을 잡힌 강오선이 그의 말을 거절한다는 건 이제 있을 수 없는 일이 되어버렸다.

그렇기 때문에.

숨김없이 그에게 내통자의 정체를 밝히게 된다.

"…장진석 전무라네."

"……."

민철도 잘 알고 있는 인물이기도 하다.

장진석 전무.

남우진의 오른팔이기도 한 남자이며, 누구보다도 회장 세력을 가장 견제하고 있는 인물 중 한 명이다.

그런 장진석이 강오선과 내통해 이번 사건을 벌였다?

"사실입니까?"

"…내가 자네에게 거짓말을 해서 무엇하나? 이미 그동안 내 약점도 많이 확보했을 터인데."

거짓이라는 게 밝혀지는 이상, 강오선은 더 이상 회생이 불가능할 정도로 사회에서 매장당할 위기에 처할 것이다.

그나마 숨통이라도 건지려면 얌전히 민철의 말에 따라야

한다.

애초에 그와 협력 관계를 가진 게 잘못이었다.

민철은 강오선을 돕는 척하면서 대책위원회에 소속되었을 때보다도 더 강오선에 대한 신상 정보를 빼돌려 그의 약점을 제대로 잡아버렸다.

이미 강오선은 그의 말을 거역할 수 없는 단계까지 오게 되었다.

"혹시 장진석 전무와 통화한 내역이 남아 있습니까?"

"…있네. 통화 내용을 녹음한 녹취록도 있지."

"준비성이 철저하시군요."

강오선 또한 결코 머리가 나쁜 남자는 아니다.

장진석 전무와 협력 체제를 구축하고 내부, 외부에서 청진 그룹을 공격하기로 합의를 본 뒤 그와 통화를 하는 와중에도 혹시나 장 전무가 자신을 버리며 모른 척할까 봐 일부러 이번 사건은 장 전무와 깊은 연관이 있다는 증거 자료를 만들어두게 되었다.

그런데 그 녹취록이 설마 이민철이라는 듣도 보도 못한 일개 사원에게 넘어갈 줄이야.

어차피 오늘 건네줄 생각을 지니고 있었기에 얌전히 작은 USB 포트를 넘겨준다.

"고맙습니다."

마음에도 없는 감사의 표현을 들려준다.

이것으로 장진석 전무가 내통자라는 증거도 확실하게 입수했다.

이제 남은 건.

이 증거를 언제 발표하는지에 대한 타이밍을 잡는 일이다.

*　　　*　　　*

강오석의 저택에서 가볍게 빠져나온 뒤.

골목길에서 기다리고 있던 민철의 일행 중 한 명이 가볍게 손을 흔들어 보인다.

"어서 와요, 민철 씨."

"……."

본래대로라면 매번 도안을 데리고 왔었지만, 오늘은 공교롭게 도안이 야근 중인지라 참석하지 못했다.

화연을 데리고 올 생각은 없었지만, 이미 화연이 먼저 도안에게 양해를 구해 자신이 오늘 하루 민철의 서포터를 담당하겠다는 말을 해버렸기에 어쩔 수 없이 그녀를 데려오게 되었다.

괜히 그녀를 차별 대우하면 도안에게 의심을 살 수 있기 때문이다.

"얌전히 있었겠지?"

"물론이죠."

별다른 문제를 일으키지 않고 대기해 준 것만으로도 민철에게는 상당히 고마운 일이기도 했다.

추화연.

이 여자는 어디로 튈지 모르는 존재다.

노동조합 사건에서 이미 한 번 전례가 있었기에 특히나 더 조심할 수밖에 없었다.

"그나저나 어째서 강오선을 도와주는 거죠?"

"어째서냐니."

"그 남자를 나락으로 떨어뜨려도 되잖아요. 괜히 다시 기어 올라와서 훗날 청진그룹의 방해할지도 모르는 요소는 지금 그냥 뭉개버리는 게 더 좋지 않나요?"

"그럴 용기도 없을뿐더러, 적어도 내가 청진그룹에 남아있는 한 두 번 다시 같은 실수를 반복하진 않을 거다. 이미 그 남자의 약점은 내가 충분히 다 수집했으니까. 그리고 강오선은 나중에 다시 정계로 진출시켜야 하기 때문에 일부러 남겨둔 거야."

"그 남자를요?"

이건 듣도 보도 못한 말이다.

"그래. 경제와 권력. 두 요소는 분명 떨어질 수 없는 관계를 지니고 있지. 강오선은 이미 내가 쥐락펴락할 수 있는 단계까지 오게 되었어. 여기서 훗날 내가 힘을 좀 발휘해 그 남자를 다시 정계로 진출시킨다면, 권력적인 요소까지 내 손으로 마음대로 주무를 수가 있는 거지."

"꼭두각시를 심어두는 셈이군요."

처음부터 강오선을 이용할 생각은 없었다.

그러나 계획이란 건 초안 그대로 진행되기도 하고, 혹은 중간에 수정 과정을 거쳐 궤도를 달리하는 경우도 있다.

강오선을 자신의 꼭두각시로 만들어두겠다는 건 민철의 초안 계획에 없었지만, 그를 이용하면 권력적인 요소도 자신의 손안에 들어올 수 있다는 생각에 강오선을 적극적으로 도와주게 되었다.

점점 더 힘을 길러가야 한다.

경제적인 면이든, 정치적인 면이든.

목표는 오로지 하나다.

신과의 만남을 달성하기 위해서라도…….

*   *   *

강오선으로부터 장진석 전무가 내통자임을 증명하는 증거를 확보했음에도 불구하고 민철은 황고수 부장의 청문회 때 그 증거를 제출하지 않았다.

왜냐하면.

황고수의 빈자리를 차지해 부장직을 얻어내야 하기 때문이었다.

민철은 결코 선인(善人)이 아니다.

레이폰 더 데스사이드란 인물은 애초에 희대의 사기꾼이라는 또 다른 별칭이 있을 정도였다.

선인일 수도 있고, 악인일 수도 있다.

그게 바로 이민철이다.

자신의 이득이 그의 행동을 결정짓게 만드는 절대적인 기준이 되어왔다.

이 사건 역시 마찬가지가 아닐까.

신과의 만남을 추구하기 위해서 일부러 적극적으로 황고수를 돕지 않았다.

물론 황고수의 입장에선 섭섭하게 느껴질지도 모르지만, 그래도 앞으로 청진그룹을 뛰어넘을 만큼 무서운 기세로 성장하고 있는 머메이드에 좋은 보금자리를 대신 마련해 준 것으로 민철은 스스로 속죄를 했다 생각하고 있었다.

인간인 이상, 민철 또한 양심의 가책을 받을 수밖에 없다.

그렇기 때문에 자신의 행동에 대한 정당성을 밝혀둬야 그나마 양심의 가책을 덜 받을 수 있지 않을까.

소위 말해서 자기 합리화에 불과할지도 모른다.

설령 그렇다 하더라도 레이폰 더 데스사이드 시절 때에도 그래왔고, 이민철이라는 한 명의 인간으로 살아갈 때에도 그렇게 할 것이다.

왜냐하면 그는 절대적인 선인이 아니기 때문이다.

"그동안 정말 고생 많으셨습니다, 부장님."

마지막 출근을 하게 된 황고수에게 조 실장이 총괄기획부 사원들을 대표로 그간의 고마움을 담은 말을 전해준다.

고개를 끄덕이며 담담하게 이들의 인사를 받은 황고수가 조 실장의 어깨를 가볍게 토닥여 준다.

"이후로는… 어떻게 하실 건가요?"

"그건 이 자리에서 말하긴 좀 그렇고… 조금 이따가 가질 회식 자리에서 몰래 말해주마."

청진그룹 총괄기획부 부장직을 내려놓는 마지막 순간에도 황고수의 얼굴에는 근심과 슬픔이 느껴지지 않았다.

이미 머메이드와 계약을 체결하고 그곳에서 청진그룹 이상의 조건을 보장받으며 일할 수 있는 근무 환경을 보장받았기 때문이다.

물론 뒤끝이 찝찝하게 끝난 건 황고수로서도 찜찜할 수도 있다.

그러나 며칠 전.

개인적으로 민철이 황고수에게 들려준 말이 아직도 그의 머릿속을 맴돌고 있었다.

어떻게 해서든 진범을 잡아내 황고수의 누명을 벗기겠다.

황 부장으로서는 고마운 말이지만, 그렇다고 너무 무리하지 말라는 말만 반복해 들려줄 수밖에 없었다.

물론.

민철의 말이 진짜로 실현 가능한 일임을 그때 당시만 하더라도 황고수는 알지 못했다.

제6장

내통자

퇴근 시간이 다가오면서 황고수 부장의 표정에도 왠지 모를 편안함이 느껴진다.

　처음에는 퇴사한 뒤 어떻게 하면 좋을지에 대한 생각만으로 머릿속이 복잡하게 얽혀 있었다.

　그러나 이제 정식으로 이직할 직장이 정해지게 되었고, 더불어 민철이 어떻게 해서든 황고수 부장의 억울한 누명을 풀어주겠다고 하니 그래도 마음의 짐은 그렇게까지 무겁지 않았다.

　물론 민철의 말을 100% 신용하진 않는다.

쉽사리 강오선과 내통한 자를 잡아낼 수 있을 거라고는 생각하지 않았기 때문이다.

"슬슬 퇴근할 시간이로군."

저녁 6시.

공식적으로 정해진 청진그룹 퇴근 시간이다.

그리고 더불어서.

청진그룹에서 치르게 되는 황고수 부장의 마지막 업무가 끝나는 시간이기도 하다.

"슬슬 퇴근 준비하고 식사라도 하러 가자고."

"예."

황고수의 말에 따라 총괄기획부 사원들이 일제히 자리에서 일어나 퇴근 준비를 서두른다.

오늘은 총괄기획부 소속 황고수 부장과의 마지막 식사다.

앞으로 황고수와 만나게 되더라도 그는 더 이상 총괄기획부 소속 부장직을 맡고 있는 남자가 아닐 것이다.

그는 자신의 자리를 대신하게 될 인물인 이민철에게 모든 것을 맡기고 떠나게 되었으니 말이다.

"예지 양도 오면 좋았을 텐데 말이지요."

서 주임이 뭔가 아쉽다는 듯 말을 해본다.

그래도 총괄기획부 초창기 멤버 아니겠는가.

사령탑인 황고수 부장이 오늘을 기점으로 총괄기획부를

떠나게 되었는데, 예지가 없다는 점에 대해 뭔가 섭섭한 기분이 들 수밖에 없었다.

"예지 양은 나중에 회장님과 따로 만날 예정이니 너무 걱정하지 않아도 된다."

황고수가 그런 서 주임의 말에 직접 대답해 준다.

퇴사 이후 바로 머메이드로 보금자리를 이동하는 게 아니라 한 달 정도 쉬는 기간을 두고 나서 머메이드에 입사하게 될 예정이다.

부서는 물론 영업직.

직책 또한 부장으로 동일하지만, 근무 조건은 청진그룹보다 약간 더 상향 조정되었다.

아마도 민철이 개인적으로 입김을 넣은 결과가 아닐까 싶다.

머메이드는 민철과 훗날 결혼하게 될 여인인 체린이 부사장으로 있는 사업체다.

그 사실을 황고수가 모를 리가 없다.

머메이드에 새로 둥지를 트는 데에 민철의 도움이 크게 작용했다는 건 굳이 직접 말로 듣지 않아도 충분히 예상 가능한 일이다.

황고수도 민철이 자신에게 도움을 준 만큼 언젠가는 보답을 하겠다는 마음을 품게 되었다.

"가게 예약해 뒀으니 슬슬 이동하면 될 거 같습니다."

"오케이!"

민철의 말에 따라 조 실장이 기운차게 목소리를 높인다.

어차피 오늘 이후로 황고수를 떠나보내야 하는 입장에 놓이게 된 사원들이다.

마지막 회식 자리까지 침울하게 보낼 순 없지 않겠는가.

그건 당사자인 황고수도 원치 않는 회식이다.

이럴 때일수록 의연하게, 그리고 훗날의 재회를 기약하는 긍정적인 마음가짐을 지니고 웃는 얼굴로 떠나보내 줘야 한다.

그래야 보내는 사람도, 떠나는 사람도 서로 불편하지 않을 것이다.

*　　　*　　　*

"얼마 전의 회식 자리는 참 좋았는데… 오늘 회식 자리는 뭔가 좀 씁쓸하네요."

맥주 한 모금을 음미하던 서기남이 머쓱하게 웃으며 첫 운을 뗀다.

본래 말수가 없는 그가 오늘따라 유독 말이 많은 이유는 그만큼 황고수 부장과의 이별이 아쉬워서이리라.

서 주임뿐만이 아니다.

조 실장도, 그리고 합류한지 얼마 안 된 태희도.

모두가 황고수와의 이별을 아쉬워한다.

하지만 민철은 과연 어떨까?

"……."

침묵을 지키며 그저 술 한 모금을 입안에 털어 넣는 민철.

아마도 그의 속마음을 정확하게 아는 사람은 오로지 이민
철 본인밖에 없을 것이다.

"분위기 또 가라앉는구만. 조 실장."

"예, 부장님."

"네가 분위기 좀 띄워봐. 이런 회식 자리를 가지려고 모두
를 불러 모은 건 아니잖나."

"분위기를 띄워보라니… 설마 부장님의 입에서 그런 말이
나올 줄은 몰랐습니다."

조 실장의 발언 덕분에 태희를 포함해 모두가 작게 웃음을
터뜨린다.

하기사. 황 부장이 회식 자리의 분위기까지 고려하는 사람
이었나.

"오죽하면 내가 이런 말을 할까."

"하하하! 그러게 말입니다. 자자! 다들 부장님 떠나보내는
데 울상 짓지 맙시다. 그런 의미에서 건배 한번 하죠. 건배!"

"건배~!!"

조 실장의 건배 제안에 따라 모두가 곧장 잔을 들며 짠! 소리를 내게끔 부딪친다.

우울해져서는 안 된다.

침울해져서는 안 된다.

남은 사람들끼리 어떻게 해서든 황고수의 빈자리를 메꿔가며 총괄기획부를 이끌어가야 한다.

"조 실장은 민철이 최대한 많이 좀 도와주고."

"여부가 있겠습니까. 같이 잘해보자고, 이 부장님."

조 실장이 장난기가 다분히 섞인 미소를 지은 채 민철의 옆구리를 쿡쿡 찌른다.

호칭에 대한 부담스러움이 약간 느껴진 모양인지 민철이 머쓱하게 웃으며 조 실장에게 넌지시 부탁 하나를 해본다.

"그냥 앞으로도 편하게 불러주세요."

"그렇다고 내가 '어이, 민철아' 라고 할 수도 없지 않냐. 그래도 명색이 총괄기획부 부장님인데."

"그럼 그냥 '이민철 부장' 이라고 불러주세요. 높임말이나 존칭어까지는 안 하셔도 되요. 오히려 제가 부담스러우니까요."

"하하, 그럴까?"

부하 직원을 상관으로 모셔야 하는 아리송한 상황에 놓이게 되어 있지만, 그렇다고 조 실장이 황고수의 빈자리를 채울 수는 없다.

그건 누구보다도 조 실장 본인이 잘 알고 있다.

그래서 사실 민철이 황고수의 후임으로 지목을 받았을 당시에는 불쾌하다는 감정보다는 오히려 될 사람이 되었다는 생각이 먼저 들었다.

청진그룹은 철저한 능력 위주의 시스템으로 돌아가고 있다.

지금의 경우처럼 부하 직원이 상관보다도 먼저 더 높은 계급에 오르는 일은 청진그룹 내부에선 허다하게 있는 일이었다.

민철이 아니면 누가 총괄기획부를 이끌어갈까.

폭넓은 인맥망을 지니고 있는 조 실장이기에 민철이 얼마나 뛰어난 능력을 보유하고 있는 사원인지 이미 충분히 잘 인지하고 있다.

그래서 그가 사령탑을 맡게 된 점에 대해선 크나큰 불만은 가지고 있지 않다.

황고수 부장을 대신해 달라는 건 아니다.

그저…….

황고수가 마음 편히 떠날 수 있을 만큼 그를 안심시켜 줄 만한 위치까지 성장했으면 좋겠다.

민철에겐 아직 말하지 않은 개인 욕심이지만, 이것이 조 실장이 민철에게 바라는 유일한 점이기도 했다.

"이거 마시고 2차 갑시다, 2차!!"

"이 녀석이 벌써부터 2차 생각을……."

조 실장의 2차 선언에 황고수가 살짝 미간을 찌푸린다.

평소 그는 술자리 자체를 별로 좋아하지 않는다.

영업직에 일하고는 있지만 필요한 미팅 자리 혹은 술자리를 넘은 단순히 즉흥적으로 마련된 술 파티는 그다지 선호하는 편이 아니다.

하나 조 실장은 다르다.

오히려 즉흥적인 면이 있어야 술자리의 흥이 생긴다는 게 그만의 철학이기 때문이다.

"황 부장님! 이대로 설마 집에 들어가실 생각입니까?! 저희들끼리 마시는 것도 이번이 마지막이 될 수도 있다고요!"

그의 말이 맞다.

총괄기획부 소속 신분으로 이들과 술을 마실 수 있는 날은 오늘이 마지막이다.

어쩔 수 없다는 의미를 내포한 무거운 한숨과 함께 황고수가 고개를 크게 끄덕인다.

"알았다, 알았어. 가자꾸나."

"오예!!"

황고수 부장과의 이별을 아쉬워하는 술자리가 그렇게 다시 한 번 연장되었다.

그렇게 이들의 불타는 밤은 한동안 계속 이어졌다.

*   *   *

"음……."

미약한 신음을 토해내며 이불 속에서 이른 기상을 취하는 민철.

아직까지 뻑뻑한 눈동자를 애써 강제로 들어 올리며 벽에 걸린 시계를 바라본다.

현재 시각.

"아침 7시라……."

매번 새벽 6시에 일어나는 민철치고는 1시간 정도 늦게 일어난 셈이지만, 그래도 사실 별반 차이는 없다.

그리고 무엇보다 오늘은 평일이 아닌 주말 오전이다.

조금 더 잠을 청해도 괜찮을 법한 날이다.

하지만 모처럼 눈이 떠진 상황에서 다시 잠을 청하는 건 부지런한 민철의 성격에 어울리지 않는다.

"오랜만에 명상이나 한번 해볼까."

요즘 들어서 제대로 정신 수양에 임할 수 없었던 자신을 반성하는 의미로 침대 위에서 허리를 꼿꼿이 세운 채 정신을 집 중한다.

맑은 정신을 유지하기 위해서라도 주기적으로 명상을 해 두는 편이 좋다.

더불어 마나의 순환을 통해서 내부적으로 불순한 기운을 바깥으로 몰아내는 역할도 담당한다.

게다가 이제 드디어 민철이 원하는 계획의 단계에 도달했 다.

부장, 이민철.

사원 계급이긴 하지만, 총괄기획부의 실무진 사령탑을 맡 게 되었다는 것만으로도 민철에게는 커다란 성과라 할 수 있 다.

더불어서 머메이드도 순조로운 항해를 이어가고 있다.

이대로 가면 분명 대한민국에서 다섯 손가락 안에 꼽을 만 큼 큰 규모의 기업으로 성장할 수 있을 것이다.

그러기 위해 가장 필요한 건 바로 인재다.

황고수 부장과 같은 인재들이 현재 성장세이기도 한 머메 이드에게 가장 절실하게 필요한 요소라 할 수 있다.

머메이드도 민철에게는 중요한 무기로 작용할 것이다.

조금 더 강력한 무기로 업그레이드하기 위해선 머메이드 를 좀 더 성장시켜야 한다.

이미 그 계획은 민철의 머릿속에 차곡차곡 쌓여 있다.

이제 이 계획들을 실행시키는 일만 남았다.

하지만 우선.

"…밥부터 먹어야겠군."

아까부터 뱃속에서 요동치는 꼬르륵 소리 덕분에 제대로 정신을 집중할 수가 없다.

급한 불부터 먼저 끄고 봐야 하지 않겠는가.

공복을 해결한 뒤에 다시 한 번 천천히 명상의 시간을 가지면 된다.

그렇게 생각했던 민철이었으나…….

주말을 한가롭게 보낼 민철의 계획은 한 통의 전화로 인해 무산으로 돌아가 버리게 되었다.

*　　　*　　　*

"……."

멍한 시선으로 대형 마트의 어느 한 가전제품 코너를 응시하는 민철.

그답지 않게 멍때리는 모습에 체린이 민철의 등을 가볍게 때린다.

"무슨 생각하는 거야, 민철 씨?"

"…왜 내가 여기에 끌려온 것인지 생각하고 있었어."

"끌려오다니. 남이 들으면 내가 강제로 민철 씨 쉬는 날에 억지로 시간 빼앗은 것처럼 들릴지도 모르잖아."

"아니, 그게 사실인데."

끼니를 해결하자마자 기다렸다는 듯이 걸려온 한 통의 전화.

주말만 되면 민철의 시간을 앗아가려고 하는 여인, 체린에게서 걸려온 전화였다.

대뜸 전화를 걸어오자마자 그녀가 내뱉은 말은 이러했다.

마트에 가자.

그리고 그 발언의 결과가 지금 민철의 상황이다.

"이곳에는 왜 오자고 한 거지?"

"왜냐니? 민철 씨, 정말 몰라서 그래?"

"가전제품을 사야 하는 약속이라도 했었나?"

"기억 안 나는구나. 너무하네."

체린의 입에서 가벼운 한숨 소리가 들려온다.

"며칠 뒤에 민철 씨 어머니 생신이시잖아. 어머님께 드릴 선물 사 드리려고 나온 거야."

"선물?"

"응. 어머님이 김치냉장고 하나 가지고 싶어 하시는 거 같아서. 그래서 선물로 사 드릴까 하는데."

생각보다 고가의 선물이 언급된다.

역시 부잣집 따님다운 발상이라고 할까.

용돈 정도만 챙겨 드리려 했던 민철보다도 훨씬 더 그의 어머니를 챙겨주려는 효심은 지극하나, 받는 입장에서는 괜시리 부담이 되지 않을까 싶기도 하다.

*　　　*　　　*

천천히 김치냉장고를 살펴보기 시작하는 체린.

그녀의 모습을 포착하자마자 마트 점원이 곧장 다가와 영업용 미소를 지어준다.

"어서 오세요. 찾는 물품 있으신가요?"

"괜찮은 김치냉장고 하나 구입할까 하는데요."

"그럼 이건 어떤가요? 요즘 젊은 부부님들께 인기 있는 신제품이에요. 지금 구입하시면 30% 세일도 적용된답니다. 사용해 보시면 분명 후회하진 않으실 거예요."

익숙하게 말을 이어가는 점원이었지만, 세일 적용 여부라든지 신제품이라든지 하는 단어보다 체린의 귓가를 간지럽히는 특정 단어가 있었다.

바로.

"젊은 부부라니……."

"어머, 미안해요. 너무 잘 어울리셔서 제가 모르게 실수를……."

점원이 곧장 사과에 돌입하지만, 체린이 가볍게 두 손을 저어 보이며 그럴 필요까진 없다는 의사를 내비친다.

"괜찮아요. 어차피 저희, 결혼할 사이기도 하니까요."

"역시… 그랬군요! 제 눈이 틀리지 않았어요. 호호호!"

한눈에 봐도 사탕발림임을 알 수 있는 발언들이었지만, 알면서 당하는 사탕발림이라 하더라도 이미 체린의 기분은 좋은 쪽으로 상승되어 있었다.

'여자란 정말 감정적인 생물이군.'

점원의 말에 넘어가는 체린의 반응을 보며 민철이 속으로 쓴웃음을 내짓는다.

보아하니 저 점원은 손님을 기분 좋게 만들 줄 아는 화술을 지니고 있다.

물론 뻔한 패턴이긴 하지만, 그래도 아무렴 어떠랴. 뻔히 보이는 칭찬이지만, 듣고 기분이 나빠지는 사람은 아마 찾아보기 힘들 것이다.

한때 민철도 인턴 과정에서 심곡 지점을 통해 물건 판매하는 일을 해봤기 때문에 저 점원의 말이 100퍼센트 진실성을 내포한 건 아니란 사실은 이미 잘 알고 있다.

물론, 정말로 민철과 체린이 잘 어울려서 한 말일 수도 있을지 모른다.

'…이런 걸로 파고들면 한도 끝도 없어지니까 그만두는 편이 좋겠지.'

기분 좋았으면 그걸로 끝이다.

굳이 '당신의 말에 진실성이 느껴지지 않습니다' 라는 말로 괜히 태클을 걸 필요는 없으니 말이다.

*　　　*　　　*

"결국 사버렸군."

카드 결제를 마친 체린이 고개를 끄덕이며 민철의 말에 수긍한다.

"30% 세일이라잖아?"

"그렇군."

"난 합리적인 소비를 한 거야. 그러니까 괜히 태클 걸 생각은 하지 마."

"애초에 그럴 생각도 없었어."

어차피 민철의 돈도 아니다.

그리고 사탕발림에 넘어가 그 제품을 샀다는 말을 하게 된다면, 결혼도 안 했는데 벌써부터 부부싸움이 발생할지도 모른다.

체린도 한 자존심 하기 때문이다.

겉으로 보기에는 체린이 민철의 의사를 많이 존중해 주곤 하지만, 나이로 따지자면 엄연히 체린이 민철보다 연상이다.

연상의 자존심이 있기에 너무 체린을 닦달하거나 그러면 역으로 잔소리를 당할지도 모른다.

평화가 제일 아니겠는가.

얌전히 체린의 의사를 존중해 주기로 결정한 민철이었다.

                    *   *   *

―하이고… 새아가가 김치냉장고를 선물로 다 보내주고… 부담스러워서 어쩌냐.

역시 민철의 예상대로 가장 먼저 부담을 느끼는 반응을 보여주는 그의 어머니의 말이었다.

"괜찮아요. 체린도 크게 부담스러워하거나 그러지 말라고 하니까요. 그냥 얌전히 성의를 생각해서 받아주세요."

―그래도…….

"조만간 나중에 체린이랑 같이 집에 찾아뵐게요. 그때 다시 이야기하도록 하죠."

―알았다… 아무쪼록 새아가한테 고맙다고 전해줘라.

"예, 알았어요."

통화를 종료하자마자 기다렸다는 듯이 민철에게 다가와 묻는 체린이었다.

"어머님은 뭐라고 하셔?"

"무척이나 마음에 들어 하시던데."

"다행이다……."

물론 약간의 거짓말을 섞었지만, 그래도 결론으로 따지자면 그리 싫어하는 행색까진 보이지 않았으니 결국 민철의 말이 정답인 셈이다.

"그것보다도 인테리어는 나쁘지 않군."

마트에서 볼일을 마치고 이들이 곧장 향한 곳은 바로 아직까지 출입이 금지되어 있는 어느 대형 음식 가게 안이었다.

아직 인테리어 부분에서 마무리 단계 작업에 임하고 있는 중이라 정식으로 오픈되지 않은 가게다.

"내부 인테리어는 유명 디자이너에게 의뢰했으니까. 최대한 머메이드 카페 인테리어와 비슷한 느낌으로 해달라 말해뒀어."

"괜찮군. 통일성도 있고… 무엇보다 그 카페 머메이드와 한 계열사임을 사람들이 금방 알 수 있다는 점에서 좋은 거 같아."

"민철 씨가 지시한 거니까."

이제 곧 있으면 오픈할 도시락 가게, 메이드 락(Made lock).

카페 머메이드와 같은 계열사로서, 싼 가격과 더불어 배달도 가능하다.

"조만간 정식으로 회사 그룹명도 지을 생각이야."

"후보안은?"

"아빠가 고르고 있어."

"좋은 명칭이 나왔으면 좋겠군."

머메이드 또한 앞으로 메이드 락과 같은 도시락 가게 브랜드 체인점을 포함해 각양각색의 사업 분야에 진출할 예정이다.

그렇기에 이들을 총괄할 수 있는 거대한 그룹 명칭을 정할 필요가 있다.

청진그룹과 마찬가지로 'XX그룹'이라는 형태로 명칭을 지으려고 하지만…….

아직까지 마땅한 명칭이 떠오르진 않는 모양인가 보다.

"지금 당장 급한 건 아니니까. 아버님한테 천천히 정해서도 된다고 전해줘."

"알았어."

고개를 끄덕이며 민철의 말에 수긍하는 체린이었다.

"그나저나 정말 깔끔하군. 역시 신축 건물이라서 좋아."

마음에 드는 모양인지 가게 이곳저곳을 살펴보던 민철의 시야에 유독 특별한 무언가가 들어온다.

"이건 뭐지?"

작은 종이 박스 하나가 놓여 있는 게 아닌가.

리본으로 치장되어 있는 것이… 뭔가 선물용 포장 박스라는 느낌이 강하게 든다.

"아, 그거는……."

성큼성큼 포장 박스로 다가간 체린이 직접 손수 박스의 뚜껑을 열어 안에 담겨진 내용물을 들어 보인다.

"이런 거야."

그녀의 손에 들려진 것은 간단하게 말해서…….

"유니폼이군."

"정답."

프릴로 치장된 짧은 스커트.

코르셋 형태로 디자인되어 있는 상의만 봐도 여성용 유니폼임을 알 수 있었다.

"젊은 여성 알바생들에게 입힐 유니폼이야. 어때?"

"괜찮군. 콘셉트는… 하녀인가?"

"맞아. 남자들이 좋아한다며?"

"…글쎄."

세간에는 하녀의 제복과 더불어 봉사심을 상당히 마음에 들어 하는 부류의 성적 취향이 있다 들은 적이 있다.

남자의 로망이라 불리는 페티시의 일종이기도 하다.

"민철 씨도 이런 거 좋아해?"

"좋아한다고 하면 입어줄 건가?"

"…어떻게 할까?"

슬며시 민철의 간을 보기 위해 아찔한 눈빛으로 그를 쳐다보는 체린이었다.

한눈에 봐도 민철을 유혹하는 듯한 그런 의도가 다분하게 느껴진다.

"입어줄까, 말까……."

남심(男心)을 시험에 들게 만드는 미녀의 발언에 넘어가지 않을 남자가 과연 몇이나 될까.

체린에게 다가간 민철이 한 손으로 그녀의 허리를 감싼다.

이윽고 그녀의 입술 위에 자신의 입술을 포갠다.

쪽 소리와 함께 가벼운 키스가 이어진 뒤, 민철의 가슴을 살짝 밀며 거리를 벌린 체린이 가게 내부를 살피며 말한다.

"보는 사람은… 없겠지?"

"우리 말고 아무도 없어."

"…정말?"

"그리고 네 하녀 유니폼을 최초로 볼 수 있는 사람도 나밖에 없을 테고."

"민철 씨도 역시 남자네."

"자고로 남자란 아름다운 여인에게 끌리는 법이지. 자연의

섭리이자 이치야."

"나 참, 말 하나는 진짜 잘한다니까⋯⋯."

그래도 민철의 말이 싫지만은 않은 모양인지 체린이 고개를 살며시 끄덕인다.

"잠깐만 기다려 봐. 갈아입고 올 테니까."

"알았어."

아무리 가게 내부에 아무도 없다 하더라도 휑한 공간에서 옷을 갈아입는 모습까지 보여주기에는 차마 부끄러운 모양인지 탈의실로 들어간다.

이윽고 머지않아 탈의실의 문을 열고 모습을 드러낸 체린은⋯⋯.

말 그대로 여신 그 자체였다.

"우와⋯⋯."

보기 드문 민철의 탄성이 들려온다.

하나 체린으로서는 부끄러움으로 얼굴을 빨갛게 물들일 수밖에 없었다.

예상보다 치마가 훨씬 짧았기 때문이다.

"어, 어때?"

코르셋 덕분에 잘록한 허리가 강조되는 유니폼이 체린의 몸매를 한층 더 매력적으로 보이게 해준다.

커다란 가슴은 쇄골 아래로 아찔한 계곡을 연상케 만들며 요염함마저 자아낸다.

또한 짧은 치마 밑으로 쭉 뻗은 각선미는 민철의 시선을 사로잡기에 충분했다.

이 얼마나 아름다운 자태란 말인가.

이런 예쁜 여성이 자신의 결혼 상대라니.

'내가 여자 하나는 잘 골랐군.'

미모와 몸매, 그리고 지성과 재력을 겸비했다.

이체린이란 여자는 민철에게 있어서 최고의 배우자가 아닐까 싶다.

"…너무 빤히 보는 거 아니야?"

아무 말도 없이 그저 체린을 바라만 보는 민철의 태도에 살짝 불만이 생긴 모양인지 퉁명스럽게 말하는 체린이었으나, 그런 모습조차도 귀엽게 보인다.

"네가 너무 예뻐서 무슨 말을 해야 좋을지 모르겠어."

"거짓말하지 마. 화술은 민철 씨의 전매특허잖아."

"맞는 말이야. 하지만……."

다시 한 번 체린에게 다가가 그녀를 살며시 안아준다.

"백 마디 말보다 한 번의 행동이 때로는 더 효과를 발휘할 때가 있거든."

"……."

살짝 눈을 감으며 고개를 드는 체린.

자연스럽게 그녀와 두 번째 키스를 행한다.

그렇게 아무도 없는 공간 안에서.

두 사람은 남들이 알아차리지 못할 만큼 뜨거운 시간을 함께 보내게 되었다.

*　　　*　　　*

아침이 밝아오기 전.

늦은 밤까지 사무실에서 술 한 잔을 걸치고 있던 장진석 전무가 술잔을 가득 채우고 있는 알코올음료를 바라본다.

이미 같이 담겨 있던 얼음들은 흔적도 없이 녹아버린 지 오래다.

"황고수… 참으로 아까운 인재지만, 그래도 우리를 위해 어느 한 명의 희생자를 만들 필요가 있었어…….."

회사의 입장에서 보자면 유능한 인재 한 명을 그대로 다른 회사에 보내 버린 꼴이 되었다.

장진석 전무를 포함해서 몇몇 인사는 황고수 부장이 머메이드에서 새로운 보금자리를 형성하게 되었다는 사실을 이미 접한 상태였다.

어차피 황고수 부장을 거의 내치다시피 한 쪽은 바로 청진그룹… 아니, 장진석 전무라 해도 과언이 아니다.

그에게 필요한 건 본인을 대신할 가상의 내통자를 만들어 죄를 뒤집어씌우는 일이었다.

그렇기 때문에 황고수가 머메이드에 가게 되었다는 점은 사실 장 전무에겐 그다지 크게 신경을 쓸 만한 일은 아니었다.

어찌 되었든 황고수도 자신의 가족들은 먹여 살려야 하지 않겠는가.

재취업에 대해선 군이 장진석 또한 황고수를 따라다니며 괴롭힐 생각까진 없었기에 그대로 방치하기로 마음을 먹는다.

자신을 대신해 누명을 쓰고 퇴사를 당해준 것만으로도 이번 계획은 성공했다 할 수 있었기 때문이다.

이제 더 이상 황고수를 신경 쓰지 않아도 된다.

어차피 그는 이제 회사 외부인이 되어버렸다.

사건도 마무리가 되었으니, 이제 강오선을 대신해 새로운 외부 협력자를 구해서 다시금 회장 세력을 흔들어놓기만 하면 된다.

"이번에는 같은 실수를 반복하진 않겠다."

강오선 사건의 전례도 있으니, 두 번째 음모는 보다 더 치밀하고, 보다 더 완성도 높은 계획을 통해서 움직여야 한다.

몇 번 이렇게 한경배 회장을 흔들다 보면 분명 스스로 무너질 게 틀림없다.

하지만.

장진석 전무가 염두에 두지 못한 게 있었다.

바로 그가 강오선과 내통한 인물이란 사실을 이민철이란 남자가 알고 있다는 점이었다.

*   *   *

한경배 회장의 저택 안.

"……."

넓은 저택의 마당을 한 번 주욱 둘러보던 황고수의 앞에 휠체어에 몸을 의지하고 있는 노인, 한경배 회장이 모습을 드러낸다.

"왔군."

"오랜만에 뵙습니다, 회장님."

"안쪽으로 들어오게."

"예."

그의 뒤를 따라 저택 안으로 들어선다.

머메이드로 이직하기 전.

잠시 가족들과 쉬는 시간을 가지고 있던 황고수는 예정되어 있던 한경배 회장과의 만남을 이행하기 위해 현재 요양하고 있는 이 저택으로 오게 되었다.

저택 안에는 보디가드들과 더불어 집안일을 담당하고 있는 가정부 여성 등등.

다양한 사람들이 한경배 회장의 저택 안에서 각자 일을 보고 있었다.

그중에서 유독 눈에 들어오는 사람은 한경배 회장과 마찬가지로 오랜만에 보게 된 한예지였다.

"어머, 황 부장님 오셨어요?"

"이제 더 이상 부장은 아니지만요."

"아……."

순간 자신의 말실수를 인지하고 입을 살짝 다물며 예지가 당황한 기색을 보인다.

그러자 고수가 머쓱하게 미소를 지어 보이며 말한다.

"농담입니다."

"노, 농담……."

"신경 쓰지 마시길. 사실은 머메이드에 가서도 같은 부장직을 맡으시기로 되어 있으니까 예지 양의 말이 맞습니다. 하하."

"아… 네, 네……."

여전히 뭔가 굳은 표정을 지울 수가 없게 된 예지였다.

그녀의 반응을 보던 황고수가 스스로 방금 내뱉은 말에 대해 후회를 하게 된다.

'난 유머 감각은 정말 뒤떨어지는 사람인가 보군.'

나름 웃자고 건네준 말인데, 아무래도 듣는 입장에선 유머답지 않게 들린 모양인가 보다.

하기사. 황고수 부장과 유머러스함은 왠지 잘 어울리지 않는다.

사무실에 앉아서 카리스마 있는 모습으로 사원들을 총괄하며 프로젝트를 진행할 거 같은 사람이 농담 같은 말을 할 줄을 누가 알겠는가.

실제로 그다지 유머 감각이 없는 황고수이기에 방금 예지에게 들려줬던 시도가 결코 좋은 시도는 아니었음을 깨닫는다.

"남들 알아듣지 못할 유머는 그만 지껄이고 와서 앉게나."

"예, 죄송합니다."

한경배 회장의 일침에 황고수가 곧장 납득하며 자리에 앉는다.

사실 말은 이렇게 해도 한경배 회장으로선 그에게 미안한 감정을 품고 있다.

제대로 지켜주지 못했다.

총괄기획부에서 최전선에 서서 한경배 회장을 대신해 그의 세력을 키워가는 위치에 서 있었던 그가 이제는 회사에서 강오선과 내통한 배신자로 낙인찍혀 좋지 않은 꼴로 회사를 관두게 된 것이다.

"…자네에게는 늘상 미안한 마음뿐이야."

한경배 회장이 그를 부른 이유에 대해 직설적으로 표현한다.

"만약 자네가 내 제안을 받아들이지 않았다면… 총괄기획부로 오라는 말을 거절했다면, 다른 녀석들의 타깃이 되지 않았을 걸세."

만약 한경배 회장의 제안을 거절했다면 아무런 견제 없이, 사내 세력 싸움 없이 그저 충실하게 회사 업무만을 진행하며 일해왔을 것이다.

이런 정치 싸움에 휘말릴 이유도, 희생당할 일도 없게 되었으리라.

하지만 결국 이런 결과를 불러오게 되었다.

한경배 회장의 입장에선 자식 하나를 내보내게 된 것과도 같을 만큼 가슴이 아파왔다.

그러나 의외로 황고수는 담담했다.

"괜찮습니다. 회장님께서는 그저 저에게 제안을 하셨을 뿐이지, 그 제안을 받아들이고 말고의 여부에 대해 결정한 건 결국 제 자신입니다. 그리고 어느 정도 각오는 했습니다. 사내 정치 싸움이 결국 극과 극을 달리게 되면, 스스로 책임을

지고 회사를 떠날 수도 있다는 것까지 말이죠."

"…그렇군."

"물론 부하 직원들만 남겨두고 저 홀로 이렇게 퇴사한 뒤에 머메이드로 이직을 하게 된 점에 대해서는 아직도 불편한 마음을 가지고 있습니다. 민철이 녀석이… 아니, 이제 저를 대신해서 새로 총괄기획부를 맡게 된 이민철 부장이 잘해낼 수 있을지 걱정도 됩니다."

민철이 제아무리 출중한 능력을 지니고 있는 사원이라 할지라도 개인에 지나지 않다.

서진구가 적극적으로 총괄기획부를 돕는다 하더라도 강오선 사건을 통해 회장 세력이 많이 약화되었음은 부정할 수가 없다.

사실 전반적으로 한경배 회장에겐 위기인 셈이다.

이대로 가면 남우진의 지지율은 한없이 올라가게 될 것이다.

한경배 회장이 건강상의 이유로 전선에서 물러난 순간, 청진그룹에게 절대적으로 필요한 것은 바로 중심을 잡아줄 수 있는 인재였다.

그 중심을 한경배 회장이 잡아주고 있었지만, 건강상의 문제로 인해 더 이상 사령탑을 유지할 수가 없게 되었다.

그렇다고 예지를 그 치열한 사내 정치 싸움에 투입하기도 뭣하다.

강오선 사건으로 인해 예지 스스로가 자신은 한경배 회장의 뒤를 이어받을 만한 그릇이 아님을 누구보다도 여실히 통감하게 되었다.

그런 그녀를 다시 청진그룹 내부의 정치 싸움 한복판으로 돌려보내는 건 마치 사지로 몰아세우는 것과 마찬가지다.

예지를 소중하게 아끼는 한경배 회장이 그런 결단을 내리진 않을 것이다.

서진구라는 공동 창업자가 있긴 하지만, 그는 애초에 한경배 회장의 뒤를 이어받아 청진그룹을 이끌어갈 의향이 없다.

물론 한경배 회장을 도와줄 생각은 있지만, 그가 중추적인 인물이 될 생각도 없을뿐더러 한경배 회장 역시 더 이상 서진구에게 많은 도움의 손길을 받는 것도 민폐란 생각을 품고 있었다.

서진구는 지금도 충분히 잘해주고 있다.

하지만 중심적인 인물이 되어줄 사람이 필요한 건 마찬가지다.

그래서 그가 선택한 인물이…….

바로 이민철이다!

"나는 민철이를… 내 대신 회사의 중심이 될 만한 인물로 키워낼 생각이네."

"이민철 부장을… 말입니까?!"

순간 들고 있던 커피 잔을 떨어뜨릴 뻔했다.

물론 한경배 회장이 민철을 많이 신임하고 있다는 건 이미 알고 있었다.

하지만…….

그에게 후임 자리를 물려줄 생각까지 하고 있다는 건 전혀 알아차리지 못했다.

"그 녀석은 누구보다도 우수해. 청진그룹 사내 역사상 가장 우수하다고 평가받고 있는 남우진, 남성진 부자와 견주어도 손색이 없을 만큼 뛰어난 능력을 보여줬지. 실제로 사원 개인이 낸 성과라고 하기에는 너무나도 많은 이득을 회사에 가져다줬네. 혹시 구인성 부장을 알고 있는가?"

"예, 알고 있습니다."

홍보팀에서 부장직을 맡고 있는 남자다.

눈치의 왕이라 불리며, 동시에 황고수와 비견할 만큼 뛰어난 영업적 수완을 지니고 있는 인물이라 할 수 있다.

황고수 부장이 FM의 정석적인 모습을 보여준다면, 구인성 부장은 AM 스타일로서 정석의 길만이 아닌 꼼수를 통해서 어려운 문제를 해결하곤 한다.

두 사람의 스타일이 극명하게 다르지만, 공통점이 있다면 황고수와 구인성, 둘 다 확실하게 우수한 인재란 점에서는 차이가 없을 것이다.

"구 부장은 일찌감치 민철의 가치를 알아보고 나에게 이민철을 반드시 키워야 한다는 말을 진작부터 해왔었지."

"…그 사람이 회장님에게 그런 보고를 해온 것입니까?"

"처음에는 구 부장이 먼저 민철의 존재에 대해 어필하진 않았네. 하지만 민철이 점점 활약을 거둘수록 성과 보고서에 민철을 주의해서 봐주셨으면 좋겠다는 식으로 매번 내용을 첨부해 뒀지. 결국은 눈여겨봐달란 말과도 마찬가지였지만."

"……."

"영악한 사람이야, 구 부장도. 허허. 겉으로는 정치 싸움에 아무런 관여를 하고 싶지 않다는 태도를 보이면서도 뒤에서는 이미 자신에게 득이 될 만한 구실을 만들어두고 있었던 거지. 민철이 높은 곳에 올라간다면, 분명 그와 좋은 관계를 쌓고 있는 구인성에게 콩고물이라도 떨어질 테니까."

구인성 부장이 왜 그런 식으로 민철을 떠받들어 줬는지에 대해선 이미 한경배 회장도, 그리고 황고수도 쉽사리 눈치챌 수 있었다.

애초에 민철이 한경배 회장에게 어느 정도 신임을 받고 있다는 점은 구 부장도 눈치를 채고 있었다.

이민철은 보다 높은 곳까지 올라갈 수 있다!

어쩌면…….

한경배 회장을 대신해 2대 회장직까지 차지할 수 있는 남자가 될지도 모른다.

아니, 실제로 그 일이 현실 가능한 수준까지 오게 되었다.

그 점을 미리 염두에 두고 구인성 부장은 미리 이민철이란 이름의 잘나가는 버스에 탑승을 한 것이다.

"겉으로 보기에는 얌전한 척을 하면서도 속으로는 야심가더군. 구인성이란 남자 말이야."

"…그렇군요."

자신은 사내 정치 싸움에 관심이 없다는 듯한 모습을 보이고 있었음에도 불구하고 뒤에서는 이미 이민철 라인을 타고 있었던 것이다.

"구 부장을 비롯해 이미 민철을 거쳐 갔던 사람들은 모두 그의 편을 들어줄 걸세. 그 녀석은… 이민철 부장이 가장 잘한 처세술이 뭔지 혹시 알고 있나?"

"잘 모르겠습니다."

"적을 만들지 않았다는 거야. 오히려 한때 자신의 손을 거쳐 간 모든 사람을 아군으로 만들었지. 심지어 남우진의 아들 녀석마저도 민철에게 적대감을 품지 않고 있어. 능력을 보여줌으로써 남성진과 한때는 동맹 관계까지 구축했지."

황고수 부장과는 다르게 민철은 확실하게 자신만의 아군 세력을 구축하고 있다.

대표적인 사례가 바로 구인성 부장이 지휘권을 잡고 있는 홍보팀이다.

"나와 진구 녀석이 적극적으로 민철을 밀어준다면… 분명 민철이는 회사의 중심이 될 수 있을 걸세."

"……."

꿀꺽!

자신도 모르게 침을 삼키는 황고수.

겉으로 대놓고 드러나진 않았지만, 지금까지 민철은 처세술을 통해서 자신이 언제든지 한경배 회장을 대신할 인재로 거듭날 만큼의 수준까지 그 세력을 키워오고 있었던 것이다.

그리고 무엇보다 이민철이 지니고 있는 가장 큰 강점이 있다.

"민철이는 사내 세력뿐만이 아니라 강력한 외부 세력의 지원까지 받을 수 있어. 바로 자네가 일하게 될 '머메이드' 라는 곳… 말이야."

"……."

"자네, 혹시 이런 생각 해본 적 없나?"

한경배 회장의 눈빛에 강한 이채가 어리기 시작한다.

도저히 쇠약해진 몸 상태를 지니게 된 노인의 눈빛이라 할 수 없을 만큼 강한 카리스마를 발휘하고 있었다.

이것이 바로…….

한경배 회장의 본모습이다!

"머메이드라는 신흥 강자와 청진그룹이… 서로 합병할 수 있다는 가능성을 생각해 본 적이 있었나?"

"……!!"

그의 말을 듣자마자 황고수의 온몸에 소름이 돋기 시작한다.

합병(合倂)!

게다가 대한민국에서 성장곡선이 가장 가파르다 알려져 있는 머메이드와 글로벌 대기업으로 불리고 있는 청진그룹이 한배를 타게 될지도 모른다니!

"비록 청진그룹이 세계적으로 유명한 대기업이 되었지만, 우리가 정복하지 못한 명확한 사업 분야가 하나 있네. 자네도 잘 알겠지?"

"요식업… 말입니까."

"그래. 만약 민철이 녀석이 이체린이란 아가씨와 결혼을 하게 되고, 훗날 나를 대신해 2대 회장 자리까지 취임하게 된다면… 제아무리 남우진이라 하더라도 함부로 민철을 건드릴 순 없을 걸세. 내부적으로도 강력한 아군들을 보유하고 있으면서 외부적으로도 머메이드라는 요식업계의 강자를 등에 업고 있지. 그렇게 되면 누가 이민철을 상대하려고 하겠는가!"

"……."

"녀석은… 내가 생각했던 것 이상의 괴물로 성장할 거야. 남우진처럼 돈에 먹혀 버린 인간이 아닌… 돈 위에 군림할 남자가 될지도 모르지."

만약 한경배 회장의 말이 실제로 벌어진다면…….

이민철은 어떤 의미로 자본주의의 정점을 뛰어넘는 왕으로 군림하게 될지도 모른다.

이미 남우진이니 부회장 세력의 견제니 하는 단계의 문제가 아니다.

그 차원을 월등히 뛰어넘는 영향력을 지닌 괴물이 된다.

그게 바로 이민철이라는 남자의… 자본주의 왕이 선보일 행보가 될 것이다.

제7장

확장

월요일 오전.

"……."

요즘 들어 순간이동 마법진을 통한 출근길이 워낙 익숙해진 터라 이제는 골목길에 살고 있는 길고양이들과도 많이 친숙해진 민철이었다.

마법을 통해 모습을 드러내자마자, 그의 귓가를 간지럽히는 소리가 들려온다.

"야옹!"

그중 얼룩무늬를 지니고 있는 한 마리가 날카롭게 고양이

울음소리를 내며 민철에게 무언가를 알리려는 듯이 존재감을 어필한다.

"오, 이 녀석……."

민철이 그 얼룩무늬 고양이를 보자마자 작은 탄성을 자아낸다.

"언제 또 새끼를 낳았나."

작은 새끼 고양이들이 얼룩무늬 고양이의 품에 안긴 채 곤히 잠들어 있었다.

언제 보아도 생명 탄생이란 건 상당히 신비로운 일이다.

이것 또한 자연의 법칙이자 순리가 아닐까 싶다.

"나도 조만간 한 가정의 아버지가 되겠군."

물론 결혼 생활이라든지 이런 것에 대해 전혀 경험이 없는 편은 아니다.

레이폰 더 데스사이드로 생활할 당시, 그는 누구보다도 많은 인생의 굴곡을 겪어왔다.

그중에는 결혼 생활도 포함되어 있다.

앞으로 민철의 새로운 삶의 반려자가 될 여인, 이체린.

그녀와 함께 이 세계의 정상에 서야 한다.

그것이 민철이 이곳으로 소환된 이유이기도 하니까.

신과의 만남을 성사시키기 위해서라도.

"우선… 해결해야 할 일은 해결하는 편이 좋겠지."

슬며시 청진그룹의 높은 빌딩 전체를 바라보기 시작한다.

황고수는 더 이상 이곳에 없다.

이제는 머메이드에서 그의 재능을 마음껏 펼치면 될 일이다.

그게 언젠가는 분명 민철에게 크나큰 도움으로 작용할 것이다.

민철 또한 그 사실을 잘 알기에 체린을 필두로 엮여 있는 머메이드 관련 인맥은 이제부터 철저하게 관리와 통제를 할 생각이다.

더 이상 청진그룹 하나에만 모든 신경을 집중해서는 안 된다.

청진그룹을 뛰어넘는…….

거대한 자본주의의 탑을 만들어갈 예정이기 때문이다.

그러기 위해서는 우선 가장 먼저 시급하게 해결해야 할 일을 손보는 게 좋다.

"……."

민철의 손에 쥐어져 있는 작은 USB 포트.

이것이 앞으로 청진그룹에게 가져다줄 파급력은 굳이 말로 하지 않아도 어마어마할 것이다.

어쩌면…….

청진그룹의 미래를 크게 바꿀 만한 대형 사건이 펼쳐질지도 모른다.

그러나 확실한 것은.

민철이 그 사건의 중심에 서 있다는 걸 결코 다른 사람들에게 알려선 안 된다는 것이다.

어디까지나 외부에 대놓고 드러나지 않게 은밀하게 행동해야 한다.

그러면서 동시에 자신의 영향력을 점점 키워간다.

그것이 민철이 가장 선호하는 처세술이기도 하다.

"우선 서진구 부사장부터 만나봐야겠군."

오늘부터 부장직을 달고 처음으로 일을 하게 될 이민철.

아마 오늘 치르게 될 부장으로서의 첫 업무는 결코 쉽지만은 않을 것이다.

*   *   *

"황고수 부장은 참… 아쉽기는 하지만 어쩔 수 없지."

남우진의 미간이 살짝 찡그려진다.

그 또한 한경배 회장의 밑에서 오랫동안 일을 해왔기 때문에 능력 있는 인재가 회사 내에서 얼마나 중요한 자산인지 충분히 잘 알고 있다.

그러나 결국 일은 이렇게 되었다.

장진석이 황고수에게 모든 죄를 뒤집어씌우게 만들었다는 것도 어렴풋이 눈치는 채고 있다.

물론 장 전무는 남우진에게 자신이 황고수 부장을 가상의 내통자로 만들었다는 사실에 대해선 직접적으로 보고하지 않았다.

아니, 오히려 숨기려고 하는 듯한 그런 눈치를 보여주고 있었다.

하나 남우진이 누구인가. 한경배 회장과 서진구, 두 사람을 보필하며 청진그룹을 지금의 위치까지 키워온 우수한 인재 중 한 명이다.

그런 남우진이 장 전무의 속내를 전혀 모를 리가 없다.

어렴풋이는 알고 있지만, 그렇다고 장진석이 강오선과 내통한 진범이라는 사실까진 유추할 수 없었다.

"내가 맡긴 일이니… 어쩔 수 없긴 하지만."

이번 내통자 수색 건에 대해서는 장진석에게 모든 권한을 일임했다.

물론 진범을 잡아낸다면 더할 나위 없이 좋을 테지만, 그래도 어쨌든 회사를 안정시켜야 한다는 점, 그리고 진범이 자신의 세력 산하에 있는 인물로 지목당하지 않았다는 점 등을 고려한다면 황고수 부장을 가상의 내통자로 지목한 장진석의 이 상황극은 남우진에게 있어서 결코 나쁜 결과는 아니리라 생각된다.

하지만 여전히 남우진은 몇 가지 궁금증을 자아낼 수밖에 없었다.

그중에 하나가 바로 이것이다.

장진석은 과연 진범을 찾아낸 것일까?

그가 진범을 알고 있는지, 없는지에 대해서는 추측하기가 힘들다.

장 전무 또한 감정 표현을 잘 숨기는 인물 중 한 명이기 때문이다.

혹여나 자신의 세력에 소속되어 있는 인물이 진범이라는 걸 알아차렸기 때문에 억지로 황고수 부장에게 모든 누명을 덮어씌운 건지도 모른다.

"나중에라도 한번 추궁을 해볼 필요가 있겠군."

어차피 사건은 일단락이 되었다.

황고수 부장이 진범이 아닐 거란 사실은 이미 남우진도 잘 알고 있다. 훗날 장진석에게 진범을 알고 있는지 없는지에 대해 물어보고, 알고 있다면 자신만 들은 걸로 하고 외부로 발설하지 않으면 된다.

장진석의 잘못은 곧 자신의 이미지 하락으로 이어질 수 있기 때문이다.

결국, 장진석의 계획에 남우진 또한 못 본 척을 하며 어울려 주는 것으로 간접적인 동참을 하게 된 셈이다.

그러나 그의 이 안이함이 머지않아 회사에 큰 파란을 불러 일으킬 것이라고는 남우진 또한 차마 미처 예상하지 못했다.

*　　　*　　　*

총괄기획부 사무실 안으로 들어서자마자 가장 먼저 출근 해 사무실 청소를 하고 있던 태희가 민철을 반긴다.

"안녕하세요, 이 부장님."

"하하… 그냥 편하게 민철 씨라고 불러주세요. 왠지 좀 어색하기도 하고요."

서로 태희 씨, 민철 씨라는 호칭을 사용하다가 갑자기 이 부장으로 호칭이 상승하니 민철로서도 약간 적응이 잘 안 되는 기분을 느낄 수밖에 없었다.

그러나 이번만큼은 태희도 제법 단호했다.

"그래도 명색이 부장님이신데… 크게 신경 쓰지 마세요. 그리고 저희가 사적으로 알고 있긴 하지만, 그래도 회사에서 는 확실히 직급을 붙여서 부르는 게 더 좋을 거 같으니까요. 여기가 심곡 지점이라면 모르겠지만, 본사잖아요?"

"으음… 그렇긴 하죠."

물론 민철도 태희가 말한 사실에 대해서 이미 잘 인지하고 있다.

그렇다고 민철이 스스로 '앞으로 이 부장님이라 부르세요'라고 말하기엔 뭔가 좀 꺼림칙한 게 있다.

그래도 태희가 눈치껏 민철의 호칭을 바꾸겠다고 스스로 말을 해주니, 당사자인 민철로서는 그나마 수고로움을 덜게 되었다.

"알겠습니다."

"앞으로도 잘 부탁드려요."

태희의 입가에 미소가 새겨진다.

웃는 모습 또한 여타 다른 여성들에 비해 상당히 아름다운 축에 속한다.

이런 미인의 마음을 사게 된 남자가 바로 이민철이다.

여전히 태희가 민철에게 관심을 가지고 있다는 건 그도 잘 알고 있다.

그렇다 하더라도 이제 와서 체린을 버리고 태희와 바람을 피울 수도 없는 노릇이지 않겠는가.

'일부다처제였다면 좋았으려나?

하다못해 첩이라는 지위가 있다면 태희도 함께 행복하게 해줄 자신이 있다.

그러나 대한민국이란 나라에서는 일부다처제가 허용되지 않고 있다.

레디니스 대륙에서는 몇몇 성비가 맞지 않는 나라에서 일부다처제와 같은 제도를 시행하고 있었다.

그래서 민철도 잠시나마 다수의 여자와 함께 가정 살림을 꾸렸던 적이 있다.

그렇다고 딱히 크게 행복해지거나 그런 건 아니다.

행복이라는 건 많은 여자를 품을수록 높아지는 게 아님을 깨달았기 때문이다.

어디까지나 마음에 맞는 사람과.

그리고 평생을 함께 해도 불편함이 없을 그런 나만의 반쪽과 만나 가정을 꾸리는 게 가장 베스트라는 걸 민철은 레이폰 시절 여실히 깨닫게 되었다.

'태희 씨도 나중에 좋은 남자를 만나겠지.'

민철로서는 그저 태희가 또 다른 행복을 찾을 수 있기를 기원해 주는 것뿐이었다.

그렇게 태희와 민철을 시작으로 서기남, 마지막으로 조 실장까지.

초라하다고 한다면 그렇게 보일 만큼 인원수가 유독 적은 총괄기획부의 출근길이 모두 끝나게 되었다.

"뭔가 조촐하네."

조 실장이 사무실의 썰렁함을 체감하듯 혼잣말을 내뱉어 본다.

황고수 부장이 앉아 있던 책상을 차지하게 된 민철이 키보드를 두드리면서 그런 조 실장의 말을 받아준다.

"5명에서 4명으로… 수치상으로는 그렇게 차이가 안 나지만, 그래도 존재감이 워낙 크시던 분이 나가니 휑한 느낌이 드는군요."

"그러게 말이야. 민철아… 아니지, 이 부장."

제아무리 민철이 자신의 후임이라 하더라도 본인보다 높은 계급으로 승진한 사람의 이름을 함부로 막 부르는 건 실례라고 생각한 모양인지 호칭을 바꾸는 조 실정이었다.

"네. 말씀해 보세요."

"우리… 직원 좀 늘려달라고 하면 안 될까?"

조 실장의 제안이었다.

"직원이라……."

"솔직히 4명은 좀 그렇지 않냐. 원년 멤버이기도 했던 예지 양도 요양 중이고, 그리고 황 부장님도 나가셨으니… 실질적으로 업무를 소화할 수 있는 건 나나 서 주임, 그리고 너 정도잖냐. 게다가 이 중에서 또 나는 거의 외근을 전담하다시피하니까… 실무 업무 돌아가게 하려면 직원 수 좀 늘려도 괜찮을 거 같은데."

"음……."

"그리고 너, 서진구 부사장님하고 직접 접점이 있잖냐. 그분한테 직접 말씀드리는 건… 물론 좀 그렇긴 할 테니까. 하다못해 뭔가 그분의 아우라를 빌려서 인사팀에게 뭔가 압박 같은 건 가할 순 있지 않겠냐?'

제아무리 인맥의 왕이라 불리는 조 실장이라 하더라도 한경배 회장이나 남우진, 그리고 서진구 등 굵직한 인사들과는 마땅히 큰 접점은 없다.

그저 얇고 넓게 퍼져 있다는 것이 그의 인맥망이 지니고 있는 특징이다.

반면, 민철의 인맥망은 비록 그처럼 비정상적으로 넓은 편이 아니지만, 그래도 정작 중요한 핵심 인사들과는 상당히 두터운 친분을 유지하고 있다.

그 대표적인 인물이 바로 조 실장이 방금 언급했던 서진구란 남자의 존재다.

"알겠습니다. 한번 인사팀에 들러서 건의해 보겠습니다."

"그래, 그래. 필요하면 나도 같이 가마."

"아닙니다. 제가 혼자서 할 수 있을 것 같습니다. 그리고 부장이란 직함을 달게 되었는데, 조 실장님과 같이 가면 왠지 다른 사람들한테 제가 너무 이른 나이에 부장직에 취임한 나머지 혼자 일처리를 못해서 조 실장님을 대동해 왔다는 느낌을 줄 수 있을지도 모르니까요."

"하하, 얀마. 이미 회사 내부에서 니 전설적인 일화를 접한 사람이 얼마나 된다고 생각하냐? 만약 그런 쓸데없는 오해를 하는 사람이 있다면 그 사람은 본사에 입사한 지 얼마 안 되는 신입이 틀림없다."

"예, 알겠습니다."

그의 말을 가볍게 웃으며 받아주는 민철이었다.

확실히 인원 확충은 한 번쯤 고려해 볼 만한 건의 사항이다.

할당된 사원의 숫자도 어찌 보면 해당 부서의 중요성과 영향력을 나타내주는 수치가 될 수 있기 때문이다.

여러 분야에서 다방면으로 총괄기획부가 처리하는 업무를 이제는 거의 확실하게 정립도 시켜놓았으니…….

이제는 슬슬 사원 수를 늘려도 되지 않을까.

목표가 정해지면 바로 행동하라는 말이 있다.

인원 확충이라는 명확한 목표가 정해진 이상, 굳이 시간을 끌 필요는 없다.

"잠시 인사팀에 다녀오겠습니다."

"그래, 가서 차 실장한테 말 좀 잘하고."

조 실장이 가볍게 손을 흔들어 보이며 말한다.

"나도 최대한 인맥으로 뒤에서 지원사격해 줄 테니까 가서 합의 보고 와라."

"예, 알겠습니다."

사무실을 나오자마자 곧장 인사팀을 향해 발걸음을 옮긴다.

동시에 머릿속으로 생각을 정리하기 시작하는 민철.

'인사팀 바로 다음에 곧장 서진구에게 가면 되겠군.'

주머니 속에 담겨져 있는 USB 포트를 다시 한 번 확인한다.

오늘이야말로…….

황고수 부장의 복수를 위한 반격의 포문을 열 차례다.

*　　*　　*

잠시 가족들과 시간을 보내며 휴가 아닌 휴가를 보내고 있던 황고수.

띠리링!

스마트폰으로 전달된 메시지음을 듣자마자 곧장 내용을 확인한다.

"……."

한동안 문자 내용을 확인하던 그가 자리에서 일어나 주섬주섬 옷을 챙겨 입기 시작한다.

"아빠, 어디 가?"

초등학교 1학년으로 이제 막 학교라는 곳에 입학한 그의 자식이 얼굴을 들며 묻는다.

작은 딸아이의 머리를 가볍게 안아준 황고수가 고개를 살며시 끄덕여 준다.

"잠시 나갈 일이 있단다."

아이에게 말하는 동안, 마침 부엌에서 식사를 준비하고 있던 황고수의 아내도 그의 말을 들은 모양인지 앞치마 차림으로 다가온다.

"점심은 어떻게 할 거예요?"

"아마도 바깥에서 먹고 올 거 같아."

"…그래요?"

잘나가던 청진그룹에서 갑자기 퇴사하게 된 남편.

처음 그 사실을 들었을 때엔 그의 아내는 적지 않은 충격을 받을 수밖에 없었다.

물론 황고수란 남자가 청진그룹에 다니고 있다는 점 하나만을 두고 결혼을 결정지은 건 아니었다.

사람이 무뚝뚝하게 보여도 누구보다도 따스한 마음씨를 가지고 있으며 순수한 감정을 지닌 남자라는 걸 그의 아내는 너무나 잘 알고 있다.

그렇기 때문에 안 좋은 누명으로 인해 그가 회사에서 나오게 되었다는 걸 전해 들었을 당시에는 억울하기도 했다.

남편이 회사를 배신할 리가 없다!

눈물로 호소하고 싶었지만, 그녀가 그렇게 행동한다고 한들 아무도 알아주는 이 또한 없으리라.

더 이상 황고수를 비참하게 만들고 싶지 않다.

하지만…….

그가 억울하게 누명을 썼다는 것만큼은 청진그룹에서도 부디 꼭 알아줬으면 하는 마음으로 간절히 기도할 뿐이었다.

"조심해서 잘 다녀오세요."

"그래."

그의 아내가 해줄 수 있는 거라곤…….

최대한 황고수가 상처받지 않게끔 위로해 주고 응원해 주는 일밖에 없다.

황고수와 같은 사람들이 살아남기 힘든 곳.

그게 바로 지금 대한민국의 현실이다.

*   *   *

"인원을 늘려달라……."

인사팀 내부에서도 군기반장이라 불리는 남자, 차원소 실장이 옅은 신음을 내뱉는다.

"예. 이번에만 하더라도 기존에 업무를 담당하고 있던 사람이 두 분이나 나가셨습니다. 황고수 부장님하고 한예지 양이죠."

"그건 나도 알고 있어. 하긴… 총괄기획부가 좀 많이 나가긴 했지."

물론 두 명이라는 수치가 그리 많지는 않다.

하지만 총원 5명으로 움직이고 있던 총괄기획부로서는 경력자 2명이 나갔다는 것은 상당한 타격이다.

초반에는 그래도 부서가 창설된 지 얼마 되지 않아 제대로 된 업무가 정립되지 못했다.

그렇기 때문에 대충 5명이서 어영부영 부서를 운영할 수 있었다고는 하지만, 이제는 정식으로 총괄기획부라는 부서가 자리를 잡게 되었다.

보다 전문적인 인력이 필요한 시점이다.

민철의 방금 이 말에는 신입으로 인원을 뽑아달라는 것이 아닌, 내부적으로도 어느 정도 경력을 지니고 있는 인물로 보내달라는 말을 간접적으로 내포하고 있었다.

나름 오랫동안 사람 관리하는 일을 맡아온 차 실장이 그 정도 눈치도 없으리라고는 민철도 생각하지 않는다.

그래서 일부러 직접적으로 경력직 사원을 달라는 요구까진 하지 않기로 한다.

차 실장도 충분히 민철의 말을 눈치챘을 거라 생각했기 때문이다.

"일단 사내 직원들 리스트 뽑아서 부서 이동을 희망하거나 필요한 사람부터 한번 알아보도록 하지."

"감사합니다."

역시 민철이 생각했던 그대로 차 실장도 전혀 눈치가 없는 사람까진 아니었다.

"하지만 내 마음대로 부서 인원 확충을 결정할 수도 없는 노릇이니⋯⋯."

제아무리 인사팀이라 하더라도 총괄기획부는 한경배 회장의 손이 직접 닿는 특별한 부서이기도 하다.

그 부서의 인원을 확충시킨다는 건, 적어도 남우진의 눈에는 아니꼽게 보일지도 모른다는 것을 의미한다.

하지만 이번의 경우에는 다르다.

황고수 부장이라는 가상의 내통자를 만들어 그를 내보낸 것은 바로 부회장 세력이다.

인사팀이기에 사실 어떻게 상황이 돌아가는지에 대한 흐름을 여기저기서 주워들어 파악하고 있던 차 실장이기에 황고수가 진범이 아니라는 것 정도는 쉽사리 알아차리고 있었다.

다만.

그가 목소리를 높이기엔, 사건은 이미 너무 커져 버렸다.

게다가 사원들이 단합해서 일을 추진한 것도 아니고, 윗선에서 강력하게 황고수의 없던 누명까지 만들려는 기세를 보이는데 차 실장이라고 힘을 쓸 수가 있었겠는가.

일개 사원에 불과한 그가 할 수 있는 일이라고는…….

그저 황고수 부장은 그런 사람이 아니란 사실을 알아주는 것밖에 없다.

부회장 세력에서 황고수를 내쫓은 이력도 있으니, 그를 대신할 인원 충원이라는 명목을 내세우면 그렇게까지 큰 태클이 들어오진 않을 것이다.

"…내가 황고수 부장님에게 해줄 수 있는 속죄라고는 이런 거밖에 없나 보구나."

작은 목소리로 옅은 한숨을 동반해 말하는 차 실장.

그의 심정이 이해가 되기도 한다.

"어쩔 수 없었던 일이라고 생각합니다."

"그래… 우리 같은 일개 사원이 무슨 힘이 있겠냐. 위에서 한 마디 하기라도 하면 그저 날아가지 않게끔 바닥에 엎드려 버티는 수밖에 없으니… 억울하기도 하고, 한편으로는 꼴사나워 보이기도 하지만, 그래도 이게 우리 같은 샐러리맨들의 생존 방식일 수밖에 없지."

사회에 순응(順應)하고 산다.

이 문장이 지니고 있는 의미는 실로 매우 간단하다.

약자의 입장에서 강자의 눈치를 보며 살아간다는 것을 뜻한다.

말 그대로…….

살아 있어도 살아 있는 게 아닌, 완성되지 못한 삶이 아닐까.

하지만 적어도 민철은 한 번 당한 일이 있으면 그 일에 대한 복수는 철저하게 하는 사람이다.

설령 민철이 일개 사원이라는 신분을 지니고 있어도, 복수는 충분히 가능하다.

왜냐하면.

그는 레이폰 더 데스사이드니까.

"아무튼 인원 확충에 대해서는 내가 윗선에 최대한 필요성을 어필해 보마. 아마 긍정적으로 봐줄 거다."

"감사합니다. 뭔가 필요하시다면 서진구 부사장님의 이름을 파셔도 됩니다."

"…부사장님이랑 이미 합의가 된 내용이었어? 그렇다면 굳이 내가 머리 싸매고 윗선에 보고할 필요가 없지 않나."

"아직 합의된 내용은 아니고요. 아무튼 저 믿고 그렇게 하셔도 됩니다."

"음… 알았다."

고개를 끄덕이며 민철의 말을 믿어보기로 하는 차 실장이었다.

젊은 나이에 황고수의 뒤를 이어 부장직을 담당할 만큼 민철의 능력은 사내에서도 상당히 우수하다 평가받고 있다.

게다가 그는 황고수 부장이 부족하다 평가받았던 처세술 면에서 뛰어난 능력을 보여주기도 했다.

이민철 부장이라면 분명 뒤에서 이미 사전에 모든 작업을 다 마무리 지었을 것이다.

"아무튼 힘내라. 내가 해줄 수 있는 건 응원밖에 없구나."

"응원만으로 충분히 감사합니다. 그럼 전 이만……."

"그래, 좋은 결과 나올 수 있게끔 최선을 다해줄 테니 기다리고 있어."

"예, 기대하겠습니다."

웬만하면 인원 확충에 대해선 별다른 말이 나오지 않을 것이다.

황고수 부장의 퇴사와 한예지의 요양이라는 좋은 구실도 있으니 말이다.

하지만 인원 확충에 관한 건의가 아니더라도 민철은 서진구와 반드시 만나봐야 할 이유가 있었다.

바로 내통자 사건을 마무리 짓기 위함이다.

황고수 부장이 안 좋은 이미지로 회사를 떠나게 되는 건 민철로서도 꺼리고 싶은 일이기도 하다.

머메이드에서 일을 하게 될 황고수 부장에게 안 좋은 꼬리표가 붙는 건 머메이드 측에서도 이미지 손실을 불러올 수 있는 건수를 제공하기 때문이다.

그걸 미연에 방지하기 위해서라도 민철이 손을 써야 한다.

적어도…….

황고수가 머메이드에 첫 출근을 하기 전까지!

＊　　　＊　　　＊

"…여긴가."

황고수가 살고 있는 집 근처에도 카페 머메이드를 볼 수 있다.

어쩌면 전국 각지에 가장 많은 지점을 보유하고 있는 게 머메이드가 아닐까 싶을 정도로 주변에서 흔하게 볼 수 있는 카페 브랜드이기도 하다.

"곧 있으면 여기서 일을 하게 된단 말이지……."

그렇게 되면 적어도 아내에게는 좋은 일이 될지도 모른다.

그의 아내가 워낙 커피를 좋아하기 때문이다.

머메이드에서 일을 하게 된다면 이곳에선 적어도 좋아하는 커피를 어느 정도 한도 내에선 마음껏 마실 수 있지 않을까 하는 기분 좋은 상상도 해본다.

끼리릭.

문을 열고 카페 내부로 들어서자, 익숙한 인물 한 명이 황고수를 향해 인사한다.

"오랜만이에요, 황 부장님."

바로 민철의 연인이면서 동시에 카페 머메이드 부사장을 맡고 있는 이체린이었다.

청진그룹 사내 체육대회 때 봤을 때보다도 한층 더 물이 오른 미모가 주변의 환경마저 화사하게 만들어준다.

그리고 그 옆에는 처음 보는 남성이 자리를 잡고 있었다.

그렇게까지 젊어 보이는 남자는 아니다.

"이제 더 이상 부장이 아닙니다. 그저 할 일 없는 백수일 뿐이지요."

"어머, 우리 회사에서 다시 한 번 일하게 되실 분이 그렇게 자신을 비하하지 마세요."

이미 황고수의 입사 여부는 서로 합의가 된 상황이다.

굳이 체린과 이렇게 면담을 하지 않아도 황고수의 능력은 이미 충분히 검증되었다 해도 과언이 아니다.

그리고 무엇보다 추천인이 이민철이라는 점에 대해서 체린은 딱히 황고수의 입사에 큰 태클을 걸 생각이 없다.

오히려 민철이 인정한 사람이라는 사실 하나만으로 충분히 황고수를 자신의 회사로 끌어들일 만한 가치가 있을 것이다.

"옆에 계신 분은……."

"아, 소개한다는 걸 깜빡했네요. 이분은 최현수 전무님이라고 해서, 저에게 많은 도움을 주신 스승님 같은 분이세요."

"허허, 스승님이라니요. 전 그저 회사 경영에 관해서 자문에 몇 번 응한 적밖에 없습니다."

"그래도 그게 실질적으로 저에게는 많은 도움이 되었어요."

"그렇다면야 제 입장에선 그저 감지덕지할 따름이지요."

간부회의 당시, 유일하게 민철의 편에 서서 그를 변호해 주던 남자, 최현수 전무.

머메이드의 성공 신화에 커다란 보탬이 되어준 능력 있는 인재 중 한 명이다.

"반갑습니다. 황고수라고 합니다."

"소문은 익히 들었습니다. 영업 쪽에 대해 상당한 지식과 경험을 보유하고 있다고 말이지요."

"아닙니다, 하하……."

청진그룹에 뒤이어 머메이드 쪽에서도 다시 한 번 영업부를 총괄하게 되었다.

다음 달이면 머메이드에 첫 출근을 하게 될 황고수.

그렇게 된다면, 최현수란 남자와 더불어 체린도 이제는 단순히 아는 사람이 아닌 자신의 상관이 되는 셈이다.

똑똑.

가벼이 노크를 한 뒤 곧장 입을 여는 민철.

"이민철입니다."

"들어오게."

"예."

제법 사이즈가 큰 나무 문을 열며 천천히 안으로 들어선다.

그곳에는 의자에 몸을 기댄 채 민철이 오기만을 기다리고 있던 남자, 서진구가 자리를 잡고 있었다.

"그래… 나에게 무슨 볼일이 있어서 직접 면담을 신청한 건가?"

이민철이 괜히 허투루 자신에게 면담을 요청할 만한 인물이 아니라는 건 그 누구보다도 서진구가 잘 알고 있다.

이제는 황고수를 대신해 자신의 바로 밑에서 실무를 책임져야 하는 인물이 된 민철.

그의 말에 귀를 기울여 줄 필요가 있다.

"부사장님께 특별히 드릴 게 있어서 왔습니다."

"나에게 줄 거?"

"예."

"아닌 밤중에 홍두깨라더니… 벌써부터 추석 선물이라도

되는 건가? 아직 명절날이 오려면 멀었을 텐데."

"명절 선물은 따로 챙겨 드리겠습니다. 그것보다도 일단 이걸 확인해 보시는 게 더 좋을 듯싶습니다."

저벅저벅.

서진구가 앉아 있는 책상 근처까지 다가간 뒤 작은 무언가를 내민다.

지그시 민철이 내미는 물건의 정체를 바라보던 서진구가 의아함을 가득 내포한 질문을 던진다.

"그건 뭐지?"

"USB입니다."

"자네 손에 들린 것이 USB라는 것 정도는 나도 알고 있네. 내가 물어본 건 그 안에 담겨 있는 내용에 대한 것이야."

"직접 확인해 보시면 알 수 있을 겁니다."

"……."

끝까지 서진구가 확인해 볼 것을 요구한다.

어찌 보면 무례한 언행일지도 모른다.

하지만 민철의 태도에서 뿜어져 나오는… 차마 말로 표현하기엔 힘든 압박감이 서진구를 움직이게 만든다.

뭔가를 가지고 왔다.

중요한 내용이 담긴 파일이 아닌 이상, 이렇게 비밀리에 서진구에게 건네줄 이유도 없을 것이다.

"잠시만 기다리게."

USB를 컴퓨터 본체에 연결한 뒤 이동식 저장소에 들어가 파일을 클릭해 본다.

딸깍, 딸깍.

마우스의 더블클릭 소리와 함께 모니터 화면 한가운데에 펼쳐지는 동영상 재생 파일.

움직이는 영상이 아닌 음성 파일로 추정된다.

―…그래… 내 말대로 하면 모든 게 다 될 게야.

어디선가 들은 적이 있는 목소리다.

하지만 제대로 기억이 나질 않는다.

"흐음……."

민철이 가져온 파일이 녹취록임을 깨달은 진구가 좀 더 자신의 귀에 모든 신경을 집중시킨다.

이윽고 대화 내용에 촉각을 곤두세우며 천천히 스피커에서 흘러나오는 음성을 새겨듣기 시작한다.

―정말로 장 전무님의 말에 따르면… 성공할 수 있습니까?

―물론이지. 내 말을 못 믿나?

"장 전무… 라고? 아니, 그보다 방금 그 목소리는……."

곰곰이 생각에 잠기는 서진구였으나, 그에게 생각할 시간을 주지 않으려는 듯이 두 사람의 대화 내용이 빠르게 재생된다.

―자네가 바깥에서 한경배 회장을 흔들면, 내부적으로 나 역시 협력해서 회장 세력을 하나하나씩 잡아먹는 형태로 가면 되네. 외부에서 시선을 끌어주는 만큼, 내부에선 작업하기가 훨씬 쉬울 테니 말이야.

―제가 어떤 식으로 한경배 회장의 시선을 끌면 됩니까?

―내가 알기론, 자네 아래로 나이가 제법 있는 아들내미가 하나 있다고 들었다만.

―이, 있습니다.

―자네 아들과 한경배 회장의 손녀딸을 서로 결혼시키자는 제안을 해보게.

"……!!"

이쯤 되면 두 사람의 정체가 무엇인지 서진구 또한 쉽사리 알 수 있었다.

한 명은 이번에 한경배 회장과 예지를 곤욕에 빠뜨린 장본인, 강오선이다.

그리고 나머지 한 사람은…….

"장진석 전무인가……!!"

쾅앙!!

반사적으로 잔뜩 힘을 쥔 두 주먹을 책상 위로 내려친다.

그 소리를 듣자마자 문 바깥에서 대기 중이던 비서가 가벼이 노크를 하며 목소리를 높인다.

"부사장님, 무슨 일이십니까?"

"…아무 일도 없네. 못 들은 척하게."

"그치만……."

문을 열고 안으로 들어오려는 비서를 향해 보다 더 강압적인 목소리를 내뱉는다.

"내가 들어오라고 허락을 내리지 않는 이상, 자네를 포함해서 아무도 이 사무실 안으로 들여보내지 말게! 알겠나!!"

"아, 알겠습니다!"

당황한 남자 비서가 곧장 서진구의 말을 받아들이듯 문을 걸어 잠근다.

거친 호흡을 몰아쉬는 진구를 향해 민철이 말을 걸어온다.

"진정하시기 바랍니다, 부사장님."

"이게… 이게 진정할 일인가!!"

사건의 진상을 전부 알게 되었다.

강오선을 독촉해 외부에서 청진그룹을… 아니, 한경배 회장과 예지를 저격한 인물은 바로 장진석 전무였다.

모든 상황을 낱낱이 파악하게 되었는데, 여기서 가만히 있을 서진구가 아니다.

한경배 회장과 예지를 특별히 아끼는 그가 이만한 분노를 내비칠 거란 사실은 이미 민철도 충분히 예상한 바이다.

그렇기에 더더욱 서진구를 진정시켜야 한다.

"감정에 지배당하게 되면 아무것도 해결하지 못합니다. 이럴 때일수록 냉철하게, 그리고 이성적으로 생각하셔야 합니다."

"……"

물론 진구도 민철의 말이 무엇을 뜻하는지 잘 알고 있다.

그도 바보는 아니다.

성격이 약간 욱하는 점이 있을 뿐이지, 그렇다고 일을 그르칠 만큼 막 나가는 타입은 아니다.

"후우……!!"

그래도 열이 뻗히는 모양인지 깊은 한숨을 길게 내뱉는다.

지금이라도 당장 장진석을 찾아가 안면에 주먹을 날리고 싶다는 생각이 얼굴에, 그리고 행동 하나하나에 다 드러날 정도다.

하지만 이럴 때일수록 민철이 말한 것처럼 침착하게 생각해야 한다.

"…자네는 이걸 어디서 구했나?"

"강오선에게 직접 조달했습니다."

"강오선? 그 녀석이 스스로 녹취록을 만들었다는 건가?"

"그 사람도 생각이 없진 않더군요. 행여나 장 전무가 자신을 배신하거나 혹은 위기에 몰릴 시에 못 본 척할 가능성을 열어두고 빼도 박도 못할 증거를 만들어둔 거 같습니다. 그게 바로 방금 부사장님께서 들으신 녹취록입니다."

"……."

역시 강오선이라고 할까.

자신이 살 구멍은 철저하게 파놓는 게 그 인간의 습성이다.

나름 오랫동안 강오선을 알고 지내온 진구이기에 그의 이런 철두철미함은 그렇게까지 크게 놀랄 만한 일이 아니었다.

그것보다도 서진구가 신경을 쓰는 건 바로 '어떻게 해서' 민철이 강오선에게 이 녹취록을 받아 왔는지에 대한 점이다.

"몰래 강오선… 그 녀석의 자택에 숨어 들어가 훔쳐 오기라도 했나?"

"하하… 그건 현실적으로 상당히 힘든 일 아닙니까?"

"하긴, 그렇겠지."

강오선의 자택에는 다수의 보안 설비와 더불어 감시의 눈길이 상당히 많은 편이다.

게다가 경비의 보안은 둘째 치더라도 강오선이 장 전무와의 대화 내용을 녹음한 파일을 따로 만들어뒀다는 것도 모르는 상태에서 이 녹취록을 노리고 도둑질을 감행한다는 것 자체도 우습지 아니한가.

목적물이 있을지도, 없을지도 확신이 제대로 안 서는데 어떻게 강오선의 자택으로 숨어 들어갈 생각을 하겠나.

상식적으로 생각해도 납득이 잘 되지 않는 부분이다.

그렇다면 결국 강오선과 모종의 거래를 통해 이 녹취록을 받아 왔다는 소리가 되는데…….

'무슨 수를 썼는지 전혀 감이 안 잡히는군.'

서진구로서는 민철이 어떤 마술을 부렸는지 도통 알 수가 없었다.

그런 진구의 표정을 읽기라도 한 듯, 민철은 그저 가벼운 미소와 함께 이런 말을 들려줄 뿐이었다.

"강오선을 '설득' 시켰습니다."

"…설득시켰다고?"

"네."

"감정에 호소하기라도 한 건가?"

"아닙니다. 말 그대로 설득을 시켰을 뿐, 그 이상의 뒷거래는 없었습니다."

"……."

있을 수 없는 일이다.

자신의 이익을 철저하게 챙기는 강오선이 쉽사리 녹취록 파일을 넘겨줬을 리가 없다.

더욱이 장진석 전무와의 대화 내용을 담은 녹음 파일은 어찌 보면 강오선에게 있어서 유일하게 살아 나갈 비상구가 되어줄 필살의 무기가 될지도 모른다.

그 무기를 아무런 조건 없이 민철에게 넘겨줬다?

'말이 안 되는 이야기지…….'

분명 뒤에서 무슨 공작을 펼쳤을 가능성이 크다.

하지만 무슨 이유에서인지 민철은 자신이 어떤 작전을 펼쳐 이 녹음 파일을 얻어냈는지에 대한 말을 꺼내지 않는다.

굳이 스스로 언급하지 않는다는 건, 그다지 들려주고 싶지 않음을 뜻한다.

서진구는 강압적으로 그에게 모든 진실을 털어놓게끔 명할 수도 있었지만, 그렇게까지 하고 싶진 않았다.

어찌 되었든 결과만 놓고 보자면 민철이 가져온 것은 회장 세력에게 해가 되는 증거물이 아니기 때문이다.

과정이 어떻든 간에 결과만 좋으면 된다.

대한민국에서 쉽게 찾아볼 수 있는 관습이기도 하다.

"일단… 알았네. 이걸 증거로 내세워서 우선 황고수, 그 친구의 누명을 밝히고 장 전무를 응징하도록 합세."

"죄송한 말씀이지만 한 가지 부탁을 드려도 되겠습니까?"

"부탁?"

"예, 아주 간단한 겁니다."

"…들어보도록 하지."

이야기 정도는 들어줄 수 있다.

설령 그게 무리한 부탁일지라도 말이다.

하나 서진구가 예상했던 것과는 다르게 민철이 요구해 온 것은 상당히 사소한 부탁이었다.

"이 증거물을 확보한 사람이 저라는 것을 철저하게 비밀로 해주셨으면 합니다."

"그럴 필요가 있나?"

"예. 제 입장에선 정말 중요한 일입니다."

"…그렇군."

잠시 팔짱을 낀 채 침묵을 유지하던 진구가 슬쩍 민철을 응시하며 묻는다.

"자네가 이 녹취록을 가지고 있다는 걸 아는 사람이 몇이나 되나?"

"저와 강오선, 그리고 부사장님밖에 모릅니다."

그 말인즉슨.

서진구가 함구한다면, 이 비밀이 바깥에 새어 나갈 일은 없을 거란 뜻이 된다.

틀림없이 민철의 성격상 강오선의 입을 봉쇄할 만한 조치를 취했을 것이다.

만약 강오선의 발언권조차 제대로 통제할 방법이 민철에게 없다면, 굳이 자신에게 비밀 유지를 부탁해 오지도 않았을 터이다.

"알았네, 비밀로 합세."

"감사합니다."

이로서 서진구는 장진석 전무를…….

아니, 남우진을 포함해 부사장 세력에게 강력한 반격을 가할 초석을 마련하게 된다.

*   *   *

"그래서 절 보자고 하신 이유는……."

내심 긴장하며 오늘 자신을 부른 이유에 대해 묻는다.

황고수의 직접적인 질문에 체린이 빙그레 미소를 지으며 곧장 답변을 내놓는다.

"별건 아니에요. 그저 최 전무님이 직접 한번 만나 뵙고 싶다고 이야기를 하셔서요. 그리고 저도 오랜만에 인사도 드릴 겸 해서요."

"아… 그렇군요."

민철의 추천이 있었다 하더라도 상관이 될 사람의 입장에선 그래도 한 번 정도는 얼굴을 마주하고 사람됨을 평가해 보는 것이 적절한 수순이다.

황고수 또한 그걸 잘 알고 있기에 딱히 체린과 최현수의 만남에 불쾌감을 가지거나 하진 않는다.

오히려 이런 행동이 지극히 당연한 일이기 때문이다.

잠시나마 가벼운 대화를 나누기 시작하는 세 사람.

이윽고 대략 1시간이라는 시간이 지나자, 현수가 슬쩍 체린에게 눈치를 준다.

"그럼… 여기까지 하도록 할까요?"

자리에서 일어서는 그녀를 따라 최현수 또한 마찬가지로 이동할 준비를 서두른다.

"출근일은 예정대로 다다음주라고 생각하시면 돼요."

"예, 알겠습니다."

"그럼 그때 뵙도록 할게요."

"네, 앞으로도 잘 부탁드리겠습니다."

"저야말로요."

그렇게 예상치 못했던 기습 면담을 마치게 된 황고수.

체린과 현수를 먼저 떠나보낸 그의 입에선 의미 모를 작은 한숨이 새어 나온다.

제8장

폭풍전야(暴風前夜)

장진석 전무와 강오선.

두 남자의 대화 내용을 담은 파일을 넘겨준 민철이 사무실로 돌아와 잠시 머리를 식히기 시작한다. 파일을 넘겨주었으니, 이제 공격 권한은 회장 세력에게로 넘어왔다.

서진구에게 민철이 증거 자료를 넘겨줬다는 걸 철저하게 비밀로 유지해 달라 했으니 정보가 새어 나갈 위험도 없다.

이제 남은 건 서진구와 한경배 회장이 언제 공격 타이밍을 잡느냐를 파악해야 하는 것이다.

왜냐하면.

그에 따라 민철의 계획 중 하나를 따로 이행해야 하기 때문이다. 어차피 서진구가 공식적으로 간부들을 모아 민철이 건네준 증거물을 들이밀며 장진석 전무의 행각을 고발하고자 하기 전에 따로 민철에게 연락을 줄 것이다.

그 전에 모든 준비를 마쳐야 한다.

"……."

잠시 사무실을 둘러보기 시작하는 민철.

조 실장은 외근으로 인해 사무실을 비우게 되었고, 서 주임과 태희는 잠시 타 부서에 볼일이 있어 그곳으로 파견을 나간 상태다.

사무실에는 민철 혼자만이 남은 상태였으나, 그래도 만에 하나라는 것이 있지 않겠는가.

"사일런스."

혹시나 사무실 안의 소리가 바깥으로 새어 나갈까 봐 주변에 사일런스 마법을 걸어둔다.

이윽고 스마트폰을 꺼내 누군가에게 전화를 걸기 시작하는데.

뚜뚜.

통화 신호음이 향한 끝에 익숙한 남자의 목소리가 들려온다.

―여보세요?

"아, 접니다. 혹시 기억하실지 모르겠지만……."

─허허, 기억하지 못할 리가요! 오랜만입니다, 민철 씨. 아니지… 이제는 이민철 부장님이라고 해야 되나요?

신라일보의 최서인 기자가 민철의 목소리를 듣자마자 반가운 기색을 내비친다.

사실 이번 강오선 사건에서 언론 전쟁을 펼칠 때에도 민철의 든든한 아군이 되었던 사람 중 한 명이 바로 최서인 기자였다.

청진그룹 취직을 위해 면접을 볼 때부터 이어온 인연을 다시금 꺼내 들 때가 온 것이다.

"기자님에게 특종거리를 제공해 드릴까 합니다만……"

─또 뭔가 좋은 먹잇감이 나왔나 보군요.

홍보팀에서도 최서인의 도움을 받은 적이 있다.

그는 언론계에서 나름 영향력이 있는 기자이기도 하다.

특히나 경제 분야에선 정확하고 오류 없는 기사를 통해 나름 신뢰받는 이미지를 쌓아온 남자다.

"조만간 청진그룹 내부에서 큰 사건 하나가 발생할 것 같습니다."

─큰 사건이라 한다면……

"강오선 사건을 이끈 내통자가 밝혀지게 될 겁니다."

─예?!

믿기지 않는다는 목소리를 내비치던 최서인이 민철의 말에 반론을 가해본다.

―강오선과 내통한 사람은 민철 씨 전임자였던 황고수 부장 아닙니까?

"최 기자님의 소견으로 보시기엔 정말로 황고수 부장이 내통자로 생각됩니까?"

―그건…….

청진그룹 내부 정치 싸움에 관한 건 최서인도 잘 알고 있다.

사람이 모이는 장소라면 언제 어디서든 정치라는 게 발생하게 마련이다.

게다가 거대한 부로 만들어진 청진그룹 아니겠는가.

사내 정치 싸움에서 승리를 거둔 자에겐 그만큼 무수한 자금이 손에 들어올 수 있다.

이런 정치 싸움이 발생하게 되면 죄 없는 자가 희생당하는 일도 종종 나온다.

황고수 부장의 경우도 그런 사례 중 하나가 아닐까.

그는 단지 한경배 회장이 필요하다고 했기에 총괄기획부를 이끄는 수장의 역할을 맡았을 뿐이다.

하나 그 이유만으로 황고수는 남우진 세력의 적대적인 인물 1호로 떠오르게 되었고, 그 결과는 퇴사와 자연스럽게 연결되었다.

누구보다도 성실한 사원이었던 황고수.

정치 싸움에 적극적으로 임하지 않았을뿐더러 욕심조차

없는 그가 강오선과 내통할 이유는 없다.

그리고 강오선과의 접점도 없는 사람이 어떻게 그와 협동하여 청진그룹을 공격할 수 있었을까?

상식적으로 생각해도 말이 안 된다.

―역시 뭔가가 있었나 보군요.

서인의 말에 민철이 곧장 답을 내려준다.

"내통자의 진범을 알아냈습니다."

―민철 씨가… 말입니까?

"아니요, 전 그저 서진구 부사장님께 그렇게 전해 들었을 뿐입니다."

―그렇군요.

여기서도 철저하게 자신이 장진석 전무와 강오선의 내통 증거를 확보했다는 걸 감춘다.

만약 내통에 관한 증거를 민철이 확보했다는 게 외부로 알려지게 되면, 황고수 다음으로 타깃이 될 사람은 바로 이민철이 될 가능성이 크다. 물론 잘못은 장진석이 했다고는 하나, 민철이 부사장 세력을 저격한 건 사실이다.

그렇게 되면 자연스럽게 부사장 세력의 공격을 집중적으로 일점사받게 되는 건 민철이다.

그 점을 피하고자 일부러 민철은 자신의 공로를 외부에 알리지 않았다.

정말 중요한 일을 해냈음에도 불구하고 이 공로를 타인이 알아주지 못한다는 건 어찌 보면 억울할 수도 있다.

하나 민철은 이미 자신에게 필요한 사람에게만 공로를 알리는 것으로 충분히 만족하고 있었다.

현재 회장 세력의 중심인물이기도 한 서진구다.

그의 영향력이 회사 내에서 결코 작은 편은 아니다. 이번 공로 또한 민철이 아닌 서진구에게 돌아갈 확률도 매우 크다.

그러나 민철은 서진구의 영향력이 커지는 것에 대해선 크게 상관하지 않는다.

어차피 한경배 회장을 포함해 서진구 본인도 청진그룹 총수의 자리를 건네받을 의향은 전혀 없다.

그렇다면 결론은 하나다.

한경배 회장과 서진구, 두 사람의 마음에 들기만 하면 된다.

그 작업을 민철은 아주 무난하게 소화한 것이다.

"만약 내통자에 관한 진실이 사내에 정식으로 발표된다면, 보다 자세한 사항을 최 기자님에게 제공해 드리겠습니다."

―…이 부장님이 저에게 원하는 게 무엇입니까?

세상에 공짜란 없다.

홍보팀에 소속되어 있을 때에도 그렇고, 지금도 그렇고.

분명 민철이 원하는 무언가가 있으리라 생각한 최서인이 그의 의향을 묻는다.

하나 민철은 그저 소소한 바람만을 읊조릴 뿐이었다.

"조금이라도 더 많은 사람들이 알 수 있게끔 최대한 많이, 널리 기사를 퍼뜨려 주시기만 하면 됩니다."

—회사 내부적인 일을 기사화시켜도 되는 건지 양해를 먼저 구해야겠군요.

"괜찮습니다. 제가 서진구 부사장님에게 동의를 구해뒀습니다."

—그렇다면야… 제 입장에선 거절할 이유가 없을 거 같습니다.

황고수 건에 대해서도 사실 최서인은 진작부터 황 부장이 내통자가 아니란 사실을 얼추 알고 있었기에 굳이 기사화를 시키지 않았다.

거짓된 보도를 뿌리면, 훗날 그 후폭풍이 자신에게 돌아오게 마련이다. 오랜 세월 동안 기자 일을 해왔기에 어떠한 기사라도 특종을 노리고 무작정 쓰기부터 하진 않는다.

그게 최서인의 깨끗한 이미지를 만드는 데에 커다란 일조를 해왔다.

이번 일 역시도 마찬가지다.

민철이 내통자에 관한 정보를 제공해 주겠다고는 하지만, 그래도 그의 상관에게 먼저 허락을 구하는 게 외형상으로 맞는 일이다.

그나마 민철이 서진구에게 먼저 허가를 구해 왔다고 하니 서인으로선 굳이 민철의 제안을 거절할 이유가 없었다.

"그럼 다음에 다시 연락드리겠습니다."

─예, 아무쪼록 황고수 부장님의 누명이 하루라도 빨리 벗겨지기를 기원하겠습니다.

"하하, 감사합니다."

통화를 종료하자마자 민철이 옅은 한숨을 내쉰다.

황고수 부장이 누명을 쓰게 된 가장 큰 원인 제공자는 강오선도, 장진석도 아닌 바로 이민철이다.

사실 민철은 황고수가 내통자로 거론되기 전에 이미 녹취록 파일을 담은 USB 포트를 확보해 놓은 상태였다.

그러나 황고수를 머메이드로 보내기 위해, 그리고 자신이 보다 더 높은 위치를 차지하기 위해 일부러 황고수의 위기를 못 본 척했다.

그 결과가 바로 이것이다.

이민철 부장.

자신의 직함이 적혀 있는 사원증을 바라보던 민철이 쓴웃음을 내비친다.

"이것도 참 몹쓸 짓이군."

*   *   *

내통자.

그 세 글자가 내포한 영향력은 실로 어마어마하다.

강오선과 내통한 스파이가 있다는 것을 뜻하니 말이다.

그 내통자로 지목받고 회사에서 내쫓기게 된 황고수.

하나 남성진은 황고수가 내통자가 아니란 사실을 잘 알고 있다.

"……."

사무실에서 펜을 굴리기 시작하는 남성진.

완벽주의자에 가까운 그의 심기를 건드릴 만한 일이 최근에 급속도로 많이 발생하고 있었다.

우선 그 시발점이 되었던 것이 바로 강오선 사건.

그건 사실 한경배 회장과 예지를 저격한 사건이라 사실 남성진 개인의 입장에서 보기엔 그리 큰 사건이 아니었다.

그러나 문제는 그 이후부터였다.

민철과의 협력으로 인해 강오선 사건을 해결하고 난 뒤, 황고수 부장이 내통자로 낙인찍히고 나서 그가 회사를 나가게 되었다.

그 이후.

이민철이 새로운 부장 자리를 차지했다. 동기 중 가장 빠른 승진 속도를 보여준 인물은 남성진이 아닌 이민철이었다.

"후우……."

지고는 못 사는 승부욕을 지니고 있는 남성진으로선 상당히 배가 아픈 상황이기도 하다.

그러나 어찌하겠는가.

여기서 자신이 이민철을 가리키며 부장 자질을 의심한다는 것 자체가 말이 안 된다.

민철은 그 누구보다도 우수하다.

실제로 강오선 사건을 해결하다시피 한 인물이 바로 이민철 아니겠는가.

민철보다도 못한 공로를 세운 남성진이 그의 자질을 의심한다면, 오히려 똥 묻은 개가 겨 묻은 개 나무란다는 소리를 들을지도 모른다.

"어쩌다가 이렇게 되었는지 알 수가 없군."

황고수의 퇴사로 가장 많은 이득을 본 사람은 결국 남우진을 포함한 부사장 세력이 아닌, 바로 이민철이었다.

젊은 나이에 부장의 자리를 차지함과 동시에 차기 회장 세력의 중심이 될 인물로 거론되고 있을 정도니 말이다.

한경배 회장과 서진구.

두 카리스마 있는 인물을 등에 업고 있다는 것 하나만으로도 이미 이민철이란 남자의 중요성이 얼마나 크게 상승했는지 엿볼 수 있다.

반면 남성진은 아직까지도 그저 우수한 사원이란 타이틀에 묻혀 살고 있다.

이민철은 이미 사내 정치 싸움의 중심으로 나아가기 위한 준비를 모두 마친 상태다.

그러나 남성진은 어떠한가?

여전히 아버지의 그늘에 가려져 제대로 빛을 보지 못하고 있다.

동등한 힘을 지닌 채 민철과 맞붙고 싶다!

그리고 그를 꺾어 자신이 보다 더 우수한 인재임을 증명하고 싶다!

욕심은 하늘을 찌르지만, 상황이 여의치 않다.

그래서 남성진은 민철이 강오선 사건 이후 협력 체제를 제안해 왔을 때 일부러 그의 제안을 거절한 것이다.

스스로 자신만의 세력을 갖춰 민철과 제대로 된 대결을 펼칠 것이다.

그리고 승리한다!

그것이 바로 남성진의 계획이다.

그 목적을 달성하기 위해서라도 우선적으로 행해야 할 일이 하나 있다.

바로 강오선과 내통한 진범을 잡아내는 일이다.

"도대체 누굴까……."

장 전무는 황고수를 물고 늘어졌지만, 남성진의 생각으론 결코 황고수는 아니란 확신을 지니고 있었다.

누구보다도 먼저 진범을 잡아내 자신의 우수성을 드러내야 한다. 그러기 위해서 회사 곳곳을 수소문해 진범을 찾아다니고 있지만, 영 성과가 나질 않는다.

한참 그렇게 머리를 굴리는 와중에, 성진에게 예상치 못한 호출이 들려온다.

"남 팀장님."

"…무슨 일이죠?"

젊은 여사원이 성진을 부른 이유를 언급한다.

"남우진 부사장님께서 찾으십니다."

"네, 알겠습니다."

자리에서 일어서며 성큼성큼 남우진이 있는 사무실로 향한다.

그 와중에 잠시 지나치게 된 어느 사무실 안쪽에서 갑자기 쾅!! 하는 소리가 들려온다.

"…뭐지?"

장진석 전무가 있는 사무실 아닌가.

이상 징후를 느낀 성진이 잠시 발걸음을 멈추고 장 전무에게 무슨 일이 벌어졌는지 확인하기 위해 노크를 시도한다.

그러나 노크하기 직전.

성진의 귀를 자극할 만한 소리가 들려온다.

"강오선, 네 이놈!! 설마 나를 배신할 생각이냐!!"

"……!!"

예상치 못한 장 전무의 말에 순간 성진의 모든 행동이 정지한다.

*　　　*　　　*

안에서 들려온 장진석 전무의 말소리.

그저 지나가다가 들은 것에 불과하지만, 결코 흘려들을 수 없는 말이기도 했다.

'장 전무가 강오선을? 어째서……'

그 순간.

성진의 머릿속에 모든 의구심 조각들이 마치 퍼즐처럼 짜맞춰지기 시작한다.

장진석 전무.

남우진을 위해서라면 그 어떠한 수단을 가리지 않고 행동에 임하는 성질 급한 남자라고 할 수 있다.

하지만 요즘 들어 한경배 회장이 회사에 복귀함과 동시에 총괄기획부라는 부서를 창설하면서 한예지라는 자신의 손녀딸을 공식적으로 외부에 드러냈다.

덕분에 한경배 회장의 세력은 날이 갈수록 그 영향력이 강해지고 있었다. 그럼에도 불구하고 부사장 세력은 별다른 공격을 하지 못한 채 허송세월을 보낼 수밖에 없었다.

그렇다고 한다면 누군가가 회장 세력에게 강력한 공격을 가해야 하지 않겠는가.

더욱이 장진석 전무는 남우진과 마찬가지로 회사에서 오랫동안 일을 해온 인물이기도 하다.

분명 강오선과의 접점도 있을 터.

더욱이 황고수라는 허상의 내통자를 만들어 그에게 최대한 모든 누명을 씌우려고 했던 인물이 바로 장진석이다.

여기서 남성진은 더더욱 장 전무의 수상한 행동을 증거로 자신의 추측을 확신으로 바꾸게 된다.

'설마… 그런 거였나!'

그저 단 한 마디를 들은 것에 불과하지만, 이미 남성진은 순식간에 장 전무와 강오선과의 관계를 유추하는 단계에 접어든다.

강오선과 내통한 자.

장진석 전무가 진범이다!

'찾았다… 내가 이민철보다도 먼저 범인을 찾았어!'

희열마저 느껴지는 순간이었다.

그러나 진범을 알아낸 것도 좋지만, 그다지 기뻐할 만한 상황도 아니다.

장진석 전무가 이 모든 사건을 도맡아 저질렀다.

하나 이 말을 바꿔서 표현하자면 아마 이렇게 될 것이다.

부사장 세력이 이 모든 일을 계획했다!

부하 직원의 실수는 곧 상관의 책임이기도 하다.

분명 남우진에게도 문책이 떨어질 게 분명하다.

비록 성진이 자립심이 상당히 높은 남자이긴 하지만, 그렇다고 자신의 아버지가 회장 세력에게 집중적으로 공격받는 것까진 원치 않는다.

인정하고 싶지 않지만, 분명 청진전자 부사장의 아들이라는 후광이 남우진을 여기까지 끌어올리는 데에 커다란 일조를 한 건 틀림이 없다.

제아무리 자신이 능력 있는 인물이라 하더라도 그간 민철과 동등한 실력자로 취급받을 수 있었던 것은 바로 민철이 지니고 있지 못한 장점 덕분이었다.

바로 뒷배경이 좋다는 점이다.

민철은 성진에 비해 아무런 뒷배경이 없다.

한경배 회장과 서진구 부사장을 등에 업을 수 있던 것도 전부 민철의 화술과 처세술이 빛을 본 덕분이다.

그는 스스로 자신의 능력을 통해 남성진과 동등한 자리까지 올라왔다.

하나 성진은 그렇지 않다.

어느 정도 아버지의 도움으로 올라온 이 자리다.

남우진이 집중적으로 공격을 받게 된다면…….

분명 성진에게도 타격이 오리라.

'일단 이 상황부터 빠르게 해결해야겠어!'

어차피 막 자신의 아버지에게 향하던 발걸음이었다.

더 이상 지체할 이유가 없다는 식으로 빠르게 자신의 걸음을 재촉하기 시작한다.

*　　　*　　　*

한편.

성진이 장진석 전무의 사무실 바깥에서 그의 호통을 몰래 엿듣게 된 계기는 다름이 아닌 바로 한 통의 전화 덕분이었다.

띠리리링!!

"……."

스마트폰이 표기되는 발신자의 이름을 확인하자마자 장 전무의 표정이 미묘하게 일그러진다.

강오선.

이 남자가 왜 자신에게 전화를 한 것일까.

물론 상황이 절박해지니 지푸라기라도 잡아보는 셈 치고

한번 전화 통화라도 시도를 해봤을 가능성이 크다.

그러나 아마 강오선도 잘 알고 있을 것이다.

장 전무는 흘러가는 급류 속에서 쉽게 붙잡을 수 있는 지푸라기 같은 존재가 아니다.

오히려 장 전무는 그를 구원해 줄 지푸라기가 아닌 강오선이 급류에 휘말려 하류까지 떠밀리게끔 만들고 싶어 하는 강력한 물살이라고 표현하는 편이 더 어울릴지도 모른다.

나락으로 떨어져라.

회생 불가능할 만큼 바닥까지 떨어져라!

그것이 장 전무가 강오선에게 바라는 것이기도 하다.

그는 더 이상 기어 올라와선 안 된다.

왜냐하면 그가 다시 대중들 앞에 얼굴을 들이밀 수 있을 만큼 회복을 하게 된다면, 언젠간 자신과의 내통 사실을 언급할 가능성이 매우 크기 때문이다.

띠리리링!

계속해서 울리기 시작하는 스마트폰.

이걸 받을까 말까 고민해 본다.

어차피 강오선은 회생 불가능한 위치까지 오게 되었다.

그렇다면 전화 한 통 정도는 받아줄까?

마지막 작별 인사를 하는 셈 치고 말이다.

"……"

스마트폰을 집어 드는 장 전무.

"여보세요."

굵직한 그의 목소리가 노골적으로 불쾌함을 드러낸다.

말조차 섞고 싶지 않다는 감정을 대놓고 표현하는 것과 마찬가지였다.

눈치 빠른 강오선 또한 장 전무의 태도를 금방 알아채지만, 짐짓 모른 척을 하며 말을 이어간다.

—그간 잘 지내셨습니까, 전무님.

"예, 잘 지냈습니다, 강 의원님. 오랜만이군요. 청진그룹에게 그리도 몹쓸 짓을 하더니 왜 이제 와서 저 같은 사람에게 전화를 한 겁니까?"

—하하, 마치 저와의 내통을 모르는 척하는군요. 제가 녹음이라도 할까 봐 두려우신 겁니까?

"무슨 소리를 하는지 잘 모르겠습니다만……. 이 통화로 저와 되도 않는 내통 사실을 만들어서 누명이라도 씌울 생각입니까?"

철저하게 강오선과의 내통 사실을 숨긴다.

이제 와서 어쭙잖은 녹취록을 만들어 자신에게 책임을 물을 수 있기 때문이다.

'이미 늦었다네. 그런 잔머리로 날 어떻게 할 수 없지. 크큭.'

속으로 강오선의 얄팍한 수를 비웃는 장진석.

하나…….

강오선은 그가 생각하는 것 이상으로 훨씬 더 간교한 여우였다.

—녹취록 말입니까?

강오선의 말에서 이죽거림이 느껴진다.

순간 일말의 불안감을 느끼는 장진석.

—그거야 이제 와서 만들어봤자 의미가 있겠습니까? 어차피 장 전무님께서 이렇게 나오실 줄 알았습니다. 그래서…….

뒤에 이어질 강오선의 한마디가 장 전무의 귀에 박힌다.

—미리 만들어뒀지요.

"……!!!"

실수다.

장진석이 저지른 커다란 범실이다!

이럴 줄 알았다면 대화 내용을 녹음할 법한 환경을 조성하지 말았어야 했다.

하나 이제 와서 후회한들 무엇하랴.

"강오선, 네 이놈!! 설마 나를 배신할 생각이냐!!"

콰앙!!

강하게 테이블을 내려치는 장 전무가 주변을 전혀 고려하지 않고 강하게 외친다.

그러나 들려오는 대답은 오히려 강오선의 조롱이었다.

―배신이라니요. 그건 장 전무, 당신이 먼저 저에게 한 거 아니었습니까?

"네 녀석이 계획에 실패한 순간부터… 이 모든 책임은 너에게 있는 거다. 네놈의 무능함 때문에 나까지 피해를 입히려고 하느냐!"

―당신이 좀 더 저를 잘 서포트해 줬다면 애초에 이런 일도 발생하지 않았을 겁니다. 그리고 다시 말하지만, 상황이 궁지에 몰려 있었지만 분명 한 번 더 기회는 있었습니다. 하나 그 기회를 당신이 스스로 걷어차 버렸지요. 반격의 여지는 충분히 존재했습니다만, 상황이 여의치 않으니 당장 저를 버리고 모든 책임을 묻는 게 너무나도 어이가 없더군요. 협력 관계라고 매번 주장하더니 결국 조그마한 위기 하나 왔다고 그 협력자를 버립니까? 이건 제 실수가 아닙니다. 당신이 좀 더 저를 믿어주지 못한 게 이번 사건의 가장 큰 흠결입니다.

"네 이놈!!"

―오늘 전화드린 건 다름이 아니고, 조만간 장 전무님도 저와 같은 기분을 맛보실 수 있게 될 거라 예고해 드리고 싶어서입니다. 위기에 몰린 자에게 여유롭게 전화 한 통이라… 당신도 제게 마지막으로 전화했을 때 바로 이런 기분을 느꼈나 보군요. 하하하……!

"강오선!!"

─그럼 이만 끊도록 하겠습니다.

조금의 망설임도 없이 통화가 종료된다.

다혈질적인 성격 탓에 벌써부터 속이 부글부글 끓어오르기 시작한다.

하지만.

최대한 머리를 식히고 냉정하게 강오선이 들려준 말을 생각해 볼 필요가 있다.

강오선과 같은 기분을 맛보게 될 거라니.

게다가 이미 녹취록은 그전부터 만들어뒀다고 했다.

"설마, 그 녀석이⋯⋯!"

머릿속에 흘러가는 최악의 상황.

장 전무의 미간이 사정없이 찡그려지기 시작한다!

"내가⋯ 미친개에게 발목을 물린 셈이구나⋯⋯!"

강오선과의 협력 체계는 처음부터 잘못된 선택이었다.

뒤늦게 그 사실을 후회해 보지만⋯⋯.

이미 장 전무가 생각하는 최악의 시나리오는 서서히 그를 침몰시키기 위해 소리도 없이 다가오고 있었다.

*　　　*　　　*

"왔느냐."

사무실에서 의자에 앉은 채 성진의 방문을 기다리고 있던 남우진이 모니터에 시선을 고정시킨 채 성진의 방문을 환영한다.

그러나 성진은 남우진처럼 태평한 반응을 보일 수가 없었다.

"드릴 말씀이 있습니다."

"말?"

성진을 먼저 호출한 건 바로 남우진이다.

그런데 오히려 그가 할 말이 있다니.

이상하다는 생각이 들지만, 남성진의 얼굴을 보자마자 그의 말을 결코 허투루 흘려들어선 안 되겠다는 인식이 강하게 새겨진다.

성진은 완벽주의자면서 동시에 감정이라는 걸 겉으로 잘 드러내지 않는 포커페이스이기도 하다. 그런 그가 이렇게까지 감정의 동요를 얼굴 표정으로 보여줄 정도라니.

뭔가 심상치 않은 일이 발생했음을 느낀 남우진이 굳은 얼굴로 묻는다.

"하고자 하는 말이 무엇이냐."

"강오선과 내통한 진범을 찾아냈습니다."

"뭐……?!"

아직 남우진조차 알아내지 못한 진범을 자신의 아들이 찾아냈다니.

혹시 괜한 추리가 아닐까 싶기도 하다.

남우진도 그가 스스로 라이벌이라 생각하는 이민철에게 미묘한 강박관념을 지니고 있다는 건 잘 알고 있는 사실이다.

그래서 어떻게든 이번만큼은 민철보다도 앞서 나가야 한다는 그 압박감 때문에 괜히 이상한 인물을 진범으로 찍어 억지로 내통자라 주장하는 건 아닐는지 하는 걱정도 든다.

그러나 황고수가 내통자로 오인을 받을 때에도 남성진은 결코 그가 내통자는 아닐 거란 말을 입버릇처럼 들려준 적이 있다.

게다가 남성진은 완벽주의자다. 그런 그가 자신의 공로를 만들어내고자 죄 없는 사람을 지목해 강압적으로 내통자로 만든다는 건 생각하기 힘들다.

"네가 찾아낸 인물이 누구냐."

아들의 의견을 묻는 남우진의 질문이었다. 그런 그에게 조금의 여지 없이 곧장 자신이 알아낸 진범의 정체를 밝힌다.

"장진석 전무입니다."

"......!!"

순간 할 말을 잃은 채 그대로 굳어버리는 남우진.

그러나 성진은 곧장 자신이 할 말을 계속해서 이어간다.

"그가 사무실에서 강오선과 통화하는 내용을 들었습니다. 대화의 정황상, 강오선과 내통하지 않은 이상 그런 반응과 발언이 나올 수 없다고 봅니다."

"대화 내용을… 들었다고?"

"예. 그보다 시간이 없습니다. 지금 당장에라도 장진석 전무와 강오선, 두 사람의 내통 관계에 아버지는 연관이 없다는 증거를 빠르게 확보해야 합니다. 상황이 이대로 흘러가게 된다면 자연스럽게 아버지 또한 피해를 입…….'

똑똑.

남성진의 말을 끊는 노크 소리와 함께 남우진의 비서가 목소리를 높인다.

"부사장님. 전해 드릴 말이 있습니다만."

"지금 바쁘네. 조금 이따가 다시……."

비서를 잠시 물리려는 남우진이었으나.

그다음 이어진 어느 한 인물의 목소리에 그럴 수도 없게 되어버렸다.

"나, 서진구일세. 잠깐만 이야기 좀 할 수 있겠나?'

『회사원 마스터』 8권에 계속…

초대형 24시 만화방

신간 100%, 샤워실, 흡연실, 수면실(침대석), 커플석, 세탁기 완비

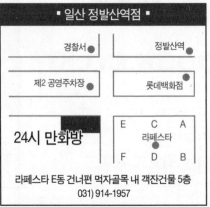

■ 일산 정발산역점 ■

경찰서 · 정발산역 ·

제2 공영주차장 · 롯데백화점 ·

24시 만화방

E	C	A
	라페스타	
F	D	B

라페스타 E동 건너편 먹자골목 내 객잔건물 5층
031) 914-1957

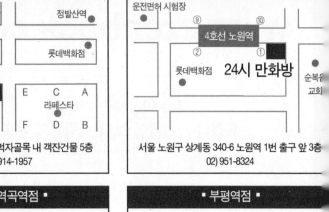

■ 강북 노원역점 ■

운전면허 시험장

⑨ ⑩

4호선 노원역

② ①

롯데백화점 · 24시 만화방

순복음
교회

서울 노원구 상계동 340-6 노원역 1번 출구 앞 3층
02) 951-8324

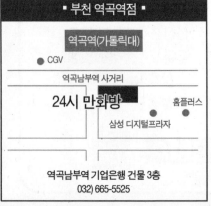

■ 부천 역곡역점 ■

역곡역(가톨릭대)

· CGV

역곡남부역 사거리

24시 만화방 홈플러스 ·

삼성 디지털프라자

역곡남부역 기업은행 건물 3층
032) 665-5525

■ 부평역점 ■

시장로터리

부평문화의거리
한남시티프라자 ·

24시 만화방 · 나들가게

부평
지하상가 부평1번가 춘천집 부평점 ·

(구) 진선미 예식장 뒤 보스나이트 건물 10층
032) 522-2871

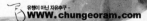

가프 장편 소설

관상왕의
1번룸

FUSION FANTASTIC STORY

거대한 도시의 그늘에서 벌어지는
짜릿하고 통쾌한 이야기!

『관상왕의 1번룸』

텐프로의 진상 처리 담당, 홍 부장.
절망적인 삶의 끝에서 만난 남국의 바다는
그를 새로운 인생으로 인도하는데…….

쾌락을 원하는 거부, 성공에 목마른 사업가,
그리고 실패로 절망한 사람들이여.

여기, 관상왕의 1번룸으로 오라!

Book Publishing CHUNGEORAM

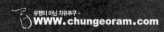

유행이 아닌 자유추구 -
WWW.chungeoram.com

현대 소환술사

THE MODERN SUMMONER

FUSION FANTASTIC STORY

현윤 퓨전 판타지 소설

하늘이 무너져도 솟아날 구멍은 있다!

드래곤의 실험으로 모진 고난을 겪어야 했던 레비로스!
우여곡절 끝에 소환술사가 되어 최강의 자리에 오르지만
운명은 그를 나락으로 떨어뜨린다.

『현대 소환술사』

다시 한 번 주어진 삶!
그러나 그마저도 암울하기 그지없는데……

소환술사 레비로스의
인생 역전이 시작된다!

Book Publishing CHUNGEORAM

유행이 아닌 자유추구
WWW.chungeoram.com